DENTRO DE UN NOMBRE

R. A. FISHER

Traducido por

NERIO BRACHO

ACERCA DEL AUTOR

Robert Fisher ha vivido en Hiroshima, Japón, con su esposa y su hijo de cinco años desde 2015, donde ocasionalmente enseña inglés, escribe y finge aprender japonés. Antes de eso, vivía en Vancouver, Canadá, donde trabajaba en la industria de la cerveza y, en su mayoría, se divertía, se metía en problemas y comía comida tailandesa. Se colocó cuarto en el concurso literario de The Vancouver Courier con su cuento "The Gift", que apareció en ese periódico el 20 de febrero de 2009. Su novela de ciencia ficción The God Machine fue publicada por Blue Cubicle Press en 2011, y The Kalis Experiments. , el primer libro de la Trilogía de Mareas, fue lanzado por Next Chapter en agosto de 2019.

AGRADECIMIENTOS

Gracias, Tomomi, por todo (literalmente). Gracias Beckett, por saber cuándo necesitaba un descanso. Nunca serás olvidado.

Gracias al concurso de novelas de 3 días, por obligarme a escribir el primer borrador de este libro durante un fin de semana..

CAPÍTULO UNO

E<small>L ZAPATO GASTADO DE</small> R<small>ANAT</small> T<small>OTZ HIZO UN RUIDO HÚMEDO Y</small> blando cuando tocó el cadáver con la punta del pie. El sonido apenas era audible sobre el suave golpeteo de la llovizna.

Él miró a su alrededor. En algún lugar, más allá de la baja y rugosa pizarra de nubes, el sol se abrió paso por el horizonte. La gente ya abarrotaba la calle estrecha detrás de él. A primera hora de la mañana, eran negociadores y comerciantes con sus sirvientes y perchas a cuestas, recorriendo el Paseo de Gracia, los ojos en las carretas que transportaban pernos de tela o madera o pescado ahumado, o cualquier otra cosa que se pudiera vender en los mercados. Mentes sobre la riqueza, la acumulación de ella o la falta de ella. Camellos que tosían y escupían tiraban de los carros, cortando y gruñendo a cualquiera que pasara demasiado cerca. Los mendigos del barrio Lip se entretejían entre la maraña de comerciantes, sus súplicas cruzaban el estruendo y el traqueteo de la calle:

"¿Estaño? ¿Tienes un Estaño? ¿Uno de tres lados? ¿Un disco? ¿Incluso una pelota? ¿Una bola de cobre? ¿Una extracción de tu barril?

El zumbido era música familiar para los viejos oídos de Ranat, pero la última pregunta, que se le hizo antes de que la bravura de un camello descontento cortara esa voz, le hizo agua la boca. No es que alguna vez recurriera a mendigarles a los comerciantes. Era conocido que ellos no compartían sus bebidas o estaño. Aún así, podría tomar una bebida.

Volvió a mirar furtivamente a su alrededor y pasó su dedo largo y desgastado por la mandíbula, sintió el alambre de acero enredado en su corta barba blanca. Un temblor en su mano, el primero del día, se estremeció entre sus dedos, cobrando vida propia mientras revoloteaba por su brazo. Si. Una bebida estaría bien.

Nadie estaba prestando atención a Ranat, donde permanecía inmóvil al borde de la oscuridad proyectada entre dos viviendas torcidas sin ventanas, y nadie más que él había visto el cadáver hasta ahora, oculto por un saco de tela rígida y áspera que había sido arrojada sobre el cuerpo, pero no había podido cubrirlo por completo.

Se agachó junto a la figura y tiró de la irregular cubierta para verla mejor. El callejón cerca de Lip era empedrado, cubierto con una capa de lodo negro resbaladizo que atrapaba cualquier cosa que se hundiera en él. Unos pasos más adelante, un suave eructo retumbó desde el suelo. Una válvula de liberación de latón aparejada por la compañía Obras de Marea comenzó a suspirar vapor blanco y espeso. Una cálida nube se agitó sobre Ranat por un momento antes de que un sutil cambio en el aire, invisible y no percibido, la condujera hacia arriba en un lento tornado, donde desapareció en el eterno techo gris que cubría la ciudad de Fom.

Era un hombre, que estaba boca abajo, cabello negro con algunas pinceladas de plata. Pudiente, Algún funcionario de la Iglesia, aunque lo que había estado haciendo aquí cerca de Lip antes del amanecer era una pregunta interesante.

Ranat respiró hondo, lo contuvo y lo dejó ir. Forzó sus manos a que dejaran de temblar. Luego, empezó a trabajar. El abrigo era bueno: cuero pesado, de color gris claro espolvoreado con una capa de fino cabello blanco. Lo acomodó colocándolo sobre los hombros del muerto y luego se lo probó, cepillando sin éxito el barro cubría la parte delantera. Queda bien. Un poco grande, pero Ranat no iba a quejarse de eso. Las botas eran mejores que las que llevaba ahora también, pero demasiado grandes. Aun así, se las quitó y las envolvió en el húmedo trozo de tela del saco de yute que había tapado el cadáver. Conocía a un chico en la plaza que pagaría en efectivo por el cuero si no podía encontrar otro comprador para ellas.

Reprimió un escalofrío al voltear el cuerpo, y el lodo emitió un suave y succionador sonido mientras se aferraba al pecho, los muslos y la cara del hombre. El cuerpo era regordete, pero el lodo pastoso enmascaraba todas las demás características, excepto el color de su cabello. Es solo otro cuerpo, se dijo. No hay razón para que sea diferente de las que solía elegir, excepto que este no estaba enterrado todavía.

La camisa del hombre era negra con manchas de sangre vieja, donde no tenía costras de barro. Había una lágrima justo debajo del corazón, del tamaño del pulgar de Ranat. Se estremeció de nuevo, mirando las manchas en su abrigo nuevo. Solo son manchas de barro, se dijo, mirándolos, no demasiado cerca, en las sombras del callejón. Solo barro.

Un fuerte ruido metálico mientras rodaba el cuerpo lo hizo detenerse, y pudo ver lo que lo causaba: una bolsa del cinturón de aspecto fino y pesado, preñada de monedas. No podría haber estado acostado aquí por más de unas pocas horas entonces, incluso tan temprano en la mañana. Alguien habría tomado el efectivo.

Mierda, pensó Ranat.

Una hora en esta parte de la ciudad lo estaba extendiendo. Más como veinte minutos. Sintió que el pánico subía por su estómago, seguro de que alguien lo estaba observando, entonces se levantó para revisar la calle nuevamente pero en medio de la masa de gente, todavía estaba solo.

Monedas. Él tuvo suerte. La bolsa se abultaba mientras manipulaba el broche que la sujetaba al cinturón del muerto. No solo había bolas de estaño y discos, sino también Tres Lados. Ranat podría beber

3

por un mes. Tal vez más, si media sus pasos y se apegaba al glogg (mezcla de bebida alcohólica).

Sus largos dedos tropezaban sobre la hebilla del cinturón que estaba tratando de abrir cuando su mirada cayó sobre la hebilla por primera vez. Aspiró y un pequeño silbido de aliento sonó a través del espacio hecho por sus dos dientes frontales faltantes. Incluso a través del lodo grasiento y salobre, podía ver que la hebilla era preciosa. Los cristales, ¿o eran diamantes?, Se asomaban a través de los huecos que se filtraban por el líquido negro donde los dedos torpes de Ranat lo habían limpiado. Otras piedras preciosas, verdes y amarillas, conformaban la forma angular y estilizada de un fénix, con un único rubí cuadrado que servía como el ojo del pájaro. Todo ello colocado en el metal de la hebilla. Y no solo cobre o bronce. La cosa contenía el peso gris y apagado del hierro.

Ranat terminó de soltar el cinturón y lo ató con las botas. Palmeó el resto del cuerpo revisándolo. En un bolsillo angosto en la parte interna del muslo, encontró una carta, con trozos de un sello roto de cera negra todavía adherida. Un borde estaba manchado con un oscuro y rojizo color sangre. Su corazón dio un vuelco de emoción, pero resistió el impulso de leerlo. Mejor esperar hasta que saliera de la lluvia. Es mejor alejarse de este maldito cadáver antes de que alguien lo vea parado sobre él y tenga la idea equivocada.

Dio unos pasos hacia el Paseo de Gracia, hizo una pausa y regresó al callejón. Se agachó, una última vez, esta vez para limpiar el barro en la cara del hombre muerto con un puñado de trapos goteando amontonados en una puerta cercana. La gran riqueza del hombre muerto era asombrosa, más aún por donde había terminado, y Ranat casi esperaba reconocer los rasgos redondos y suaves, pero después que limpió, no había nada familiar en esa cara.

"Bueno", se dijo a sí mismo. "Tengo que largarme de aquí".

Volvió a caminar por el Paseo de Gracia y cruzó hacia las calles sin nombre más allá, aun haciendo todo lo posible para fingir que las manchas irregulares y oscuras en las solapas de su abrigo nuevo eran del barro. Levantó el saco con las botas y el cinturón sobre su hombro, y a pocos pasos revisó dos veces para asegurarse de que la bolsa de estaño todavía estaba segura debajo de su camisa de lino raída. Tendría que descargar las botas y la hebilla pronto, si no fuera por otra razón, él no quería cargarlas alrededor, pero primero, necesitaba un trago.

Noble señor

Considere esto como una invitación para discutir la nueva situación en una posición más informal. Si bien me encontrará reacio en algún acuerdo con respecto a la mayoría de los detalles, hay algunos puntos que me gustaría que considerara.

He reservado un puesto en El Cuervo del Marques para el resto del día, donde espero que me honre con su sabiduría.

Con sumo respeto,

Su sirviente en Gracia

Ranat vació su vaso y lo colocó entre los otros vacíos que se alineaban en el borde de la mesa deformada, una construcción inclinada de madera flotante y paletas rotas antiguas, encajadas y colocadas con aparente aleatoriedad, junto con otros muebles similares, al sótano que todos conocían como "el bar".

Tomó un largo trago del siguiente vaso, el octavo en la mesa y el último en vaciarse, y examinó lo que quedaba del sello de cera, agradecido de que el temblor en sus manos se hubiera ido.

Cera negra. Una imagen de un árbol, una luna creciente colgada encima, una especie de criatura sentada entre las raíces estilizadas. Suficiente se había desmoronado para mantener qué tipo de animal era, uno que otro con astas o cuernos, un misterio.

Ranat leyó la carta de nuevo, saboreando las formas de las palabras mientras se proyectaban en sus ojos. No entendía lo que le decía. Nunca había oído hablar de El Cuervo del Marques. Aun así, fue una lectura más interesante que los manifiestos habituales y las listas de envío que terminó recolectando la mayor parte del tiempo.

La nota explica algunas cosas, sin embargo. Quien quiera que haya sido el cadáver, había estado tramando algo. Un funcionario de la Iglesia, tal vez, tratando de hacer algunos negocios de forma paralela. Algo turbio. Algo que se había apresurado hacia el sur, y dejó un cuerpo dañado de hombre en un callejón anónimo de Fom, apuñalado por el corazón.

"Debería haberle importado su maldito asunto", murmuró Ranat, mirando el papel una vez más antes de doblarlo de nuevo y deslizarlo en el bolsillo de su abrigo nuevo.

"¿Qué fue eso? Mierda, Ranat, supongo que esa no es tu sangre, o te desmayarías con siete cervezas y media dentro".

Miró hacia la voz. Había estado concentrado en la carta por más tiempo de lo que pensaba. La barra se había llenado de un puñado de vagabundos desde que había llegado la primera vez, el suelo de aserrín casi oculto a través de la masa de piernas, y los muros de piedra sudaban condensación de un centenar de respiraciones de infusión de alcohol. La luz que se filtraba por la puerta principal, débil y torcida en su marco, era de un amarillo acuoso por las luces incandescentes en lugar del gris acuoso de la luz del día. En algún lugar, más allá de la arenosa nubosidad, el sol se había puesto.

El orador era una mujer fuerte y nerviosa con ojos claros y afilados y una cola de caballo anudada de cabello arenoso que parecía haberse atado semanas atrás e ignorado desde entonces. Tenía la cara escarpada y picada, como una anciana despojada de su belleza, aunque Ranat sabía que no tenía la mitad de su edad. La vida en los túneles del Lip era cruel, inclusive para aquellos con quienes le eran amable.

"No es sangre, Gessa. Es barro". Ranat señaló la silla frente a él, donde sus vasos vacíos llenaban la mesa.

Ella sacudió su cabeza. "No tengo estaño para cerveza esta noche. Me sorprende que tú lo hagas. Miró los vasos vacíos. "Ni ron tampoco, ni glogg, sino cerveza". Ella hizo una pausa. "Ocho de ellos. Hasta aquí."

Ranat se encogió de hombros. "Hice un hallazgo. Quieres algo, la invito yo, solo una vez". Él le dirigió una sonrisa, mostrando sus dientes perdidos. "No esperes esa oferta de nuevo pronto. Si yo fuera tú, lo tomaría".

"¿Un descubrimiento? ¿Quién está en la tumba que desentierras ahora? ¿La antigua Grace? ¿El maldito Arch Bishop mismo? Pero mientras hablaba, sacó la silla, frunció el ceño cuando se tambaleó debajo de ella y empujó los vasos vacíos hacia el centro de la mesa.

"No hay tumba, esta vez", dijo Ranat. "Aunque no estaba menos muerto por suerte".

Saludó al camarero, un niño de nueve o diez años, con una cicatriz fuerte que atravesaba su cabeza afeitada desde la ceja derecha hasta la nuca.

"Cinco cervezas más. Y otra para mi amiga". Metió la mano en el abrigo y sacó una moneda triangular, un poco más pequeña que la palma de su mano, estampada con el relieve de un anciano a un lado y un sol estilizado y una luna creciente en el otro. "Y que sigan llegando", agregó mientras lanzaba la moneda hacia el niño, quien asintió y desapareció en la muchedumbre hacia la barra.

Los ojos de Gessa estaban muy abiertos. "¿Un tres lados? Hiciste un hallazgo, ¿verdad?"

Ranat se rascó la torturada barba y sonrió. "Te lo dije. Parece que algún pobre borrachín de las fincas se metió en algo que no pudo manejar. Si me preguntas, deberían quedarse detrás de sus puertas donde puedan sentirse superiores y seguros, así es de peligrosa la ciudad. ¿Y has oído algo al respecto?

"¿Quieres decir que alguien importante apareció muerto?" Ella se encogió de hombros. "No. No todavía, de todos modos. ¿Sabes quién era?

"Nooj. Encontré un par de botas, aunque son demasiado grandes para mí. Y un abrigo. Oh sí. Y esto." Metió la mano debajo de la mesa dentro del saco y rebuscó en el fondo hasta que sus dedos se cerraron alrededor del lodoso cinturón. Lo sacó y lo colocó sobre los vasos vacíos.

Los ojos de Gessa se abrieron aún más. Su expresión era casi cómica. Dos ojos gigantes como platos blancos y azules colocados para secar en un estrecho estante de una cara. "Maldición", dijo en voz baja mientras recogía la hebilla y sentía el peso. "¿Hierro?"

"Parece. Sin mencionar las piedras. ¿Reconoces el trabajo?

"Nooj", dijo con un movimiento de cabeza. "Puede ser alguien de la Iglesia. Nadie más puede permitirse esto. Bueno, tal vez uno de los comerciantes. ¿Dónde encontraste el cuerpo si aún no estaba sepultado como a ti te gusta?

Ranat frunció el ceño, pero ignoró esa gancho. "Solo allá. A pocas calles del Lip. Apiladas en un callejón.

Gessa asintió con la cabeza. "Supongo que no estaba haciendo nada bueno, entonces. Aun así, qué idiota. Si voy a hacer negocios en Lip, al menos vístete para el papel. Venir a los barrios bajos vestidos de esa manera, alguien te agarrara por idiota".

Él le quitó el cinturón de las manos a Gessa justo cuando el niño regresaba con otra bandeja de cervezas quien luchaba por encontrar espacio para ellos en la mesa ya abarrotada.

Ranat habló alrededor de los torpes brazos del niño. "Sí, eso es lo que pensé, pero a él no lo agarraron por su dinero". Quien lo mató, solo lo querían muerto. Eso también es raro. Si vas a asesinar a alguien así, al menos podría hacer que parezca un atraco".

"¿Sabes dónde vas a descargar?" Gessa preguntó, ignorando al niño, que había reunido todos los vasos vacíos en su bandeja y ahora estaba esperando un descanso entre la multitud para llevarlos de vuelta a la cocina.

"Que va. Las botas creo que puedo llevárselas a Han. Incluso si no las quiere, todavía me debe cuando saqué la mitad de su inventario de ese incendio. No estoy seguro sobre el cinturón. No conozco a nadie que tenga la cantidad de estaño por ahí para pagar por adelantado por algo así, y maldita sea si tomo menos de lo que vale. Mierda, incluso sin las piedras, el hierro vale tanto como el saco de efectivo que el pobre bastardo tenía sobre él.

Gessa se mordió el labio en silencio por un minuto. "Conozco a un chico, tal vez".

¿Algún contrabandista en Lip?

"Nada de eso. Él es de fiar. Paga sus impuestos de salvación y todo".

Ranat frunció el ceño. "Entonces, ¿por qué trataría conmigo?"

"Él sabe que puede pagarte menos de lo que vale esa cosa, y aun así te irás feliz porque es más de lo que obtendrás en cualquier otro lugar".

"Primero los negocios, segunda la fe, ¿eh?" preguntó, en tono irónico.

Gessa se encogió de hombros. "¿No es siempre así como funciona?"

"Entonces, supongo que querrás una tajada entonces, si me dices dónde está este tipo".

Ella sonrió, revelando dientes del mismo color que el piso de aserrín. "¿Treinta por ciento?"

"¡como!"

"Bien entonces. No tienes por qué ponerte así. ¿Qué tal quince?

Ranat se sonrió, genuinamente esta vez. "Mierda, mujer. Llegaré a diez y te daré una o dos lecciones sobre el regateo, ya que parece que eres muy mala en eso".

Gessa frunció el ceño, pero logró que la expresión fuera amigable. "Está bien, diez. Pero me debes una.

Su sonrisa no se desvaneció. "¿Qué quieres decir? Ya te compré una cerveza.

Era tarde cuando salieron del bar sin nombre, lo suficientemente frío afuera como para condensar la llovizna constante en una lluvia ligera.

"Supongo que este misterioso comerciante tuyo no tiene horario nocturno", murmuró Ranat, levantando el cuello de su abrigo contra el frío.

"Nooh", dijo ella, y parecía que podría agregar algo más, pero guardó silencio.

"Bueno", dijo Ranat después de un momento.

"No sirve de nada estar bajo la lluvia. Mi lugar no está lejos de aquí, ya sabes". Él la miró.

Ella sonrió un poco. "Si. Lo sé. Vámonos."

Se abrieron paso por las estrechas y sinuosas calles de Fom. Después de una cuadra, los edificios de dos y tres pisos de piedra caliza y calles estrechas y empedradas dieron paso a chozas de madera flotante de un solo piso e incluso callejones de barro más estrechos. Aquí y allá, las válvulas ocultas de la compañía Obras de Marea se abrieron con suaves chasquidos, y el exceso de vapor silbó por los respiraderos y las tuberías de cobre que sobresalían de las bases de las paredes. Estos también se agotaron cuando cruzaron por Lip, y las antorchas y la luz tenue y grasienta de las linternas de aceite reemplazaron las lámparas de luz amarilla.

El Lip era lo que todos llamaban el cuadrante noroeste de Fom: una densa colección de chozas y cobertizos que se acumulaban a lo largo de los acantilados que se montaban en las plataformas podridas y se alineaban en la cara de piedra caliza, hasta la línea de la marea alta y las olas. La mayor parte de Lip estaba ahora bajo sus pies, en el laberinto de túneles, cavernas, canteras y tumbas excavadas en la roca que, en otras partes de Fom, estaban llenas de las máquinas de Obras de Marea que suministraban energía a la ciudad.

Gessa era nativa de Lip, nació y creció, y Ranat sabía que ella era más que capaz de navegar por el laberinto tridimensional que se encontraba debajo de ellos. Sospechaba que, así como en el lenguaje, se necesitaba un conocimiento de la infancia para ser fluido. Él había venido aquí hace cincuenta años y todavía temía descender a los túneles sin guía.

La casa de Ranat estaba en la superficie, en el sótano de una vivienda inclinada de un solo piso lo suficientemente cerca como para escuchar el constante agite del mar. Una pila de vigas de madera moldeadas que parecían no tener otro propósito ocultaba la entrada a su habitación individual, con la puerta cerrada por una simple cerradura de cerámica.

El entró primero e hizo que Gessa esperara afuera mientras el pasaba de puntillas entre las pilas de libros, cartas y trozos de papel hacia la lámpara de aceite montada en la pared, que encendió con un pedernal colgado a su lado en un cordel. Las altas ventanas sin paneles a lo largo del techo, de solo una mano de grosor de ancho, no dejaban entrar ninguna luz real, incluso durante el día, y estaban cubiertas con pesadas mantas de pelo de camello para evitar la humedad.

———

Gessa permanecía inmóvil en la puerta, mirando alrededor de la habitación a la luz tenue y parpadeante. Piso y paredes tallados en piedra caliza, cortados de la roca sobre la que Fom hizo de base. El techo era de madera, marrón e inacabado, deformado por la incesante humedad. Vigas de soporte desnudas brotaban de las paredes y soportaban la carga del piso que se hundía arriba.

En una esquina, debajo de la lámpara, un fajo de mantas y trapos denotaban la cama de Ranat. Estantes improvisados de madera flotante y ladrillos se alineaban en el resto de la habitación, repletos de viejos libros, cartas y montones de papel. Más libros y documentos yacían apilados sobre la habitación. A pesar de la aleatoriedad, ella sospechaba que había una organización en el lugar que tenía mucho sentido en la mente de Ranat Totz.

"Dentro o fuera", el afirmó. "Quiero cerrar la puerta".

Gessa entró y cerró la puerta detrás de ella. "Veo que no han cambiado mucho las cosas desde la última vez que estuve aquí", bromeó, buscando un lugar para sentarse.

Sus ojos se posaron en un taburete ladeado, y movió la pila de papel que lo ocupaba antes de sentarse, colocando la pila entre los otros esparcidos por el piso.

"¿Qué hay para cambiar?" Sacó de su abrigo la carta que había encontrado en el cuerpo, le echó otro vistazo y la archivó en uno de los estantes.

"¿Por qué tienes todas estas cosas, de todos modos? Mierda, ¿puedes leer?

Ranat se sentó en su montón de trapos con un gemido. "¿No me preguntaste eso la última vez que estuviste aquí?"

"Si."

"¿Y qué dije?"

"Dijiste que era una historia para otro día".

Gruñó de risa. "¿Dije eso? Esa es una respuesta de mierda. Sin embargo, parece algo que yo diría".

Gessa no se molestó en responder.

"Entonces", continuó Ranat. "¿Quieres saber o qué? Y para responder a tu pregunta, sí, puedo leer.

"Criado en un templo, ¿verdad?"

Él le lanzó una mirada, pero se dio cuenta de que estaba siendo sincera. "Una pregunta bastante justa, supongo. No, no era un chico del templo. Crecí en un viñedo.

¿Tus padres eran viticultores?

"¡nooo! Esa es buena. ¿Crees que viviría así? No. Sirvientes contratados. Todavía estaría allí si no me hubiera escapado. Estar allí o muerto.

"¿No aumento eso la deuda de tus padres, que su hijo se fuera así?"

Ranat se encogió de hombros, apartó la mirada de ella sin enfocarse en nada. "Era joven." Su voz era suave.

Gessa se aclaró la garganta y señaló a su alrededor. "Entonces, ¿cómo explica eso todo esto?"

Él la miró de nuevo.

"Yo tenía, demonios, no sé, nueve, tal vez diez años. Me di cuenta de que no podía imaginarme cosechando uvas por el resto de mi vida.

Tuve esta idea de aprender a leer por cuenta propia, así que comencé a robar libros del maestro del vino. Lo que sea que pudiera tener en mis manos. Manifiestos, contabilidad. Algunas escrituras de la Iglesia. Leyes. No importaba, las palabras fueron las que me fascinaron. Que esas marcas en la página significaban algo, y cuando las puse todas juntas, significaban algo más. No pude superarlo. Creo que me enseñé cómo leer con fuerza de voluntad. Necesitaba saber cómo funcionaban todos esos símbolos juntos".

"Fue bastante fácil después de un tiempo. Escuchar a escondidas las conversaciones entre el maestro y sus contadores me ayudó a superar los golpes. Cuando me fui y vine a la ciudad, descubrí que había otros idiomas. N'naradin que había dominado en el viñedo. Ahora tenía a Skald, Valez. Otros acertijos para resolver".

Se detuvo y miró a su alrededor. "Supongo que se pegó".

¿También puedes leer a Skald y Valez? la voz de ella era incrédula.

Ranat se sonrió entre dientes, pero el sonido fue triste. "No, ese era mi plan, pero entonces encontré la botella. Más o menos perdí mi motivación después de eso".

¿Y el robo de tumbas? Gessa preguntó.

Ranat hizo una mueca pero, de nuevo, no detectó malicia ni asco en su voz. Sólo por curiosidad. Aun así, no pudo encontrarse con su mirada.

"Los entierros son de dominio público", afirmó como si eso resolviera las cosas. "Lo suficientemente fácil como para encontrar dónde se relacionan los altos mandos, si puedes leer".

"Eso no responde la pregunta".

Él suspiró y la miró de nuevo. Ella no parece tan vieja, pensó. Se preguntó cómo había tenido la impresión de que ella lo era.

"¿No la responde? Bueno, la vida es difícil para un niño nuevo en la ciudad. Si puede o no leer. Estaba demasiado orgulloso para rogar como esos pobres bastardos en el Paseo de la Gracia. Demasiado bueno para robar".

"Robas de los muertos". Una vez más, no había malicia en su voz.

Fue solo una observación. Ella era inconsciente de cómo podría hacerlo. Esta era una discusión que había ganado dentro de sí mismo hace mucho tiempo, en cualquier caso.

"No puedo robar a los que no necesitan nada, Gessa". Ella no dijo nada a eso. Él la estudió. Era el turno de ella para evitar su mirada, y sus ojos vagaron por la habitación, mirando todo lo que no era él. No, él pensó. No es vieja por asomo. Solo... desgastada. Como si pudiera quejarse de eso. "De todos modos, puedes pasar la noche aquí. Si tú quieres". Como respuesta, ella cruzó la habitación hacia él y apagó la lámpara.

CAPÍTULO DOS

Su palpitante cabeza lo despertó. Intentó abrir los ojos, los encontró demasiado cargados de sueño, se los frotó y volvió a intentarlo. Se abrieron para revelar una hemorragia intensa luz en torno a las cortinas de pelo de camello... Incluso en el crepúsculo del sótano, el fuego ardía a través de sus ojos hasta la parte posterior de su cabeza. Él gimió y se sentó. Martillos golpeaban su cráneo.

Cerró los ojos y después de unos minutos, volvió a intentarlo. Mejor esta vez Su habitación estaba borrosa, pero menos desvaída que antes.

Gessa se había ido. Se tragó su decepción ante eso. La otra vez que había pasado la noche, había sacado lo mismo. Se dio cuenta de que había estado esperando que fuera diferente, ahora, después de abrirse así. Aun así, ¿qué esperaba? Era un anciano con dientes perdidos y un maldito ladrón de tumbas. Debería alegrarse de que ella pasara la noche en primer lugar.

Y ella había cumplido su parte del trato, él lo vio como una rosa, inestable. En el taburete donde se había sentado la noche anterior había un trozo de papel. Había dibujado en el reverso de una de sus cartas: una página vieja de un manifiesto de hace doce años perteneciente a un barco llamado Inmortal, observó con el ceño fruncido. Un mapa tachado de la parte de Fom alrededor del Salón de Los Sabios, la catedral en sí misma marcada con un bosquejo desigual de una luna creciente y un sol en un lugar a una cuadra hacia el norte marcado con una pequeña "x" que presumió era el vendedor ambulante .Bueno, la vería de nuevo cuando ella viniera a cobrar, de todos modos.

Él suspiró. Incluso con el Salón de Los Sabios marcado como referencia, tomaría una eternidad encontrar al tipo que estaba buscando.

Hizo una mueca ante los rasguños de gallina del mapa. Ni siquiera sabía el nombre del vendedor ambulante. Ranat esperaba que el suyo fuera el único comerciante en la cuadra. El nunca saboreó las consecuencias de pedirle a la persona equivocada que comprara un cinturón robado de un hombre muerto.

Revolvió la habitación buscando ropa que no oliera a sudor y alcohol, en su defecto, se puso la misma camisa de lino y pantalones raídos que había usado la noche anterior. Al menos su abrigo era agradable, excepto por las manchas.

———

El vendedor ambulante fue más fácil de encontrar de lo que Ranat había esperado. El mapa de Gessa había sido fiel al giro de las calles de Fom, y el lugar del vendedor ambulante era de hecho la única tienda de este tipo, apretada entre una fila de oficinas de contabilidad y bufetes de abogados.

Las nubes habían estado altas cuando salió de su casa tarde en esa mañana; Casi se había atrevido a tener la esperanza de que una rara visión del sol hirviera el resto de su resaca, pero, mientras caminaba, la nubosidad había bajado nuevamente hasta que el cielo parecía rozar la parte superior de las cúpulas de cobre que marcaban los vecindarios alrededor del Salón de Los Sabios. La lluvia golpeaba las calles, que estaban bien arregladas aquí, limpias de lodo. Las simples rejillas de cobre que arrojaban vapor en otras partes de Fom se estilizaron aquí en los rostros de querubines y demonios, y la niebla salía de sus bocas y narices antes de desaparecer en el aire frío y brumoso. Los ciudadanos de este barrio estaban limpios y miraban de reojo a Ranat mientras se tambaleaba, cortesía de la resaca.

La tinta en el mapa de Gessa comenzó a diluirse bajo la lluvia, y necesitaba detenerse en las puertas cada dos cuadras para mirarlo, tratando de distinguir la forma de las calles.

Pero este debe ser el lugar. Una escalera ancha y gastada, hecha de la misma piedra caliza disuelta con la que se construyó la mayor parte de la ciudad, conducía tres pasos pequeños hasta una puerta ancha. Tanto los escalones como la puerta se inclinaban debajo de un amplio toldo, obstruido con ropa en perchas y estantes repletos de cerámica. Dentro había más de lo mismo y, detrás del largo mostrador, gruesos troncos se alineaban en la pared con espadas, hachas y cuchillos de bronce y cerámica alojados en él sin una organización obvia.

Ranat estudió el mapa nuevamente, se dijo a sí mismo que solo estaba estancado y se acercó al mostrador.

El hombre que lo saludó con un movimiento cabeza era joven a pesar de su cabeza calva, que había intentado disimular con unos mechones de cabello negro tirados de un lado. No era muy gordo, pero "corpulento" tampoco le hacía justicia.

Ranat nunca había hecho negocios con un comerciante que seguía sujeto a las leyes de la Iglesia, y no estaba seguro de la formalidad, si es que existía. Miró a su alrededor, pero no había otros clientes. Se aclaró la garganta.

El vendedor ambulante frunció el ceño. "Fuera de aquí. O, si solo vas a pararte allí, dímelo ahora para que pueda volver a trabajar".

Ranat se aclaró la garganta otra vez. "Soy amigo de Gessa". Su voz era tranquila.

"¿Y?"

"Ella dijo que te podría interesar..." Se detuvo y metió la mano en su saco para sacar el cinturón. Gessa había raspado la mayor parte del barro la noche anterior, y brillaba en la luz apagada que flotaba desde la puerta.

El vendedor ambulante arqueó las cejas pobladas y, después de dudar un segundo, lo recogió. "Esto se parece al trabajo de Veshari. ¿Dónde lo conseguiste?"

"Lo encontré", dijo Ranat. "Y eso también es la verdad, así que no me mires así. No sé quién es Veshari".

El vendedor ambulante lo miró un momento más y luego asintió.

"Bien bien. Veshari era un artesano, es decir, un artesano con una "A" mayúscula, uno de los señores de Valez'Mui antes de convertirse a la Iglesia. Ahora hace cosas personalizadas para los superiores en Tyrsh. Les encanta inventar sus emblemas personales allí".

Ranat gruñó. "Aquí también."

El vendedor ambulante sonrió. "¿No es esa la verdad? De todos modos, no sé a quién solía pertenecer. Definitivamente alguien de alto rango".

"Entonces", dijo Ranat. "¿Cuánto me darás por eso?"

El comerciante volvió a mirar la hebilla con el ceño fruncido. Durante un tiempo, los únicos sonidos fueron los murmullos de los transeúntes y el suave goteo de la lluvia que entraba por la puerta abierta.

"El problema es", reflexionó el vendedor ambulante con una mirada de reojo a Ranat. "Es más valioso intacto. Mucho más. Una obra de arte invaluable y todo eso. Sin embargo, nunca podría venderlo como está. Nunca algo único como esto. Ese tipo de cosas podría volver y perseguirme. Y maldición, sería desgarrador desarmarlo, como tomar un camello ganado como premio y convertirlo en carne. Otra mirada de reojo. Supongo que podría darte treinta y tres lados. Para las materias primas.

Ranat extendió la mano y arrancó el cinturón de las manos del hombre. "El hierro solo vale el doble, al menos, y lo sabes. Gessa no me dijo que eras un intrigante".

"Bien, bien. Sabes lo que estás haciendo. Lo suficientemente justo. No me puedes culpar por intentarlo. Sesenta, entonces.

"Un centenar." La voz de Ranat era plana.

"Ochenta."

"Noventa."

El vendedor ambulante se mordió el labio y vio el cinturón que colgaba de la mano de Ranat. "Bien", dijo de nuevo después de un minuto. "Noventa. ¿Algo más?"

Ranat se volvió para mirar por la puerta desordenada, hacia la lluvia y la bulliciosa calle. "Si. ¿Dónde hay una cervecería cerca de aquí?"

El vendedor ambulante se detuvo donde había comenzado a contar monedas. "Hay un bar de vinos a una cuadra", hizo un gesto con la cabeza.

"¿algún otro lugar?"

El vendedor ambulante se encogió de hombros y volvió a contar. "No lo sé. Probablemente. A la gente le gusta su vino por aquí.

Ranat hizo una mueca y se aferró a su mano; había empezado a temblar. "No importa. No puedo soportar el vino. Regresaré a Lip".

CAPÍTULO TRES

Una semana después el estaño de Ranat estaba casi gastado. Le había dado a Gessa veintitrés lados, el doble de lo que le debía, pero había sentido una culpa indefinible y fuera de lugar, y darle menos no parecía correcto.

Se había mudado al bar sin nombre donde había conocido a Gessa. Lo que siguió fue un borrón de largas noches, conversaciones olvidadas y mañanas dolorosas, hasta que se encontró con suficiente estaño para mantener a raya los temblores, pero no lo suficiente como para continuar por la espiral en la que había comenzado.

Ale y cerveza, pensó. *Muy caro*. El debió haber cambiado a glogg mucho antes de lo que lo hizo. Siempre el conocedor.

Y ahora lo perseguían.

No estaba seguro, no al principio, pero ahora no había duda. Había comenzado a ir a diferentes bares, solo para verificar. Los mismos dos hombres de espalda recta, que se veían incómodos con su ropa de campesinos, su cabello desordenado y una mugre cuidadosamente estratificada incapaces de enmascarar el aire de desconfianza que exudaban hacia la pobreza que los rodeaba. Un muro invisible de orgullo. No se parecían a la Iglesia, pero olían así.

Ranat se maldijo a sí mismo y terminó el último trago de glogg. Quién sabe cuánto tiempo lo habían estado siguiendo. Había pasado una semana desde que había estado lo suficientemente sobrio como para notar algo.

Bajó la mirada hacia la bolsa de seda acunada en su regazo. Cinco, tal vez seis Tres Lados, algunos discos y un puñado de bolas de cobre. Suficiente para beber durante los próximos días si se paseaba, pero ahora tenía que lidiar con esos dos antes de poder disfrutarlo.

Se abrió paso hacia la calle y se dirigió hacia el norte. Lip estaba muy lejos, y podría perderlos si trataban de seguirlo hasta allí. Tomó un camino indirecto, pegándose a las avenidas más concurridas. Viviendas en forma de caja de piedra caliza de dos pisos se alzaban a ambos lados.

Eran las tumbas, se repitió a sí mismo. Esto debe ser. Se había vuelto codicioso. Hace unos años, había encontrado una lista de entierros de algunas de las familias fundadoras. Generaciones de altos funcionarios de la Iglesia. Dinero viejo. Encontró algunos, luego trató de convencerse a sí mismo de esperar un tiempo, pero había sido demasiado fácil. Estaño fácil. Licores fáciles. Y cada vez, él pensaba: "Esta vez lo extenderé. Esta vez el recorrido durará un mes, tal vez dos.

Pero sus lances nunca duraron tanto.

Ahora, había molestado a la familia equivocada. Alguien se dio cuenta que los tesoros de sus antepasados habían desaparecido y comenzó a investigar. Ranat siempre había querido preguntarle a alguien: si los niveles más altos del Cielo eran tan maravillosos que la gente pagaba decenas de miles de Tres Lados cada año de Impuestos de Salvación para obtener uno, ¿por qué tendrían que ser enterrados con sacos de dinero? ¿Había algún impuesto final una vez que llegas allí?

Miró por encima del hombro y volvió a bajar por la calle abarrotada. Si no perdía a la pareja que lo seguía, pensó que podría tener la oportunidad de averiguarlo.

Ninguno de los dos estaba a la vista. Se acercaba el mediodía, y las nubes se hundían cada vez más, la llovizna disminuía hasta convertirse en niebla. Redujo un poco su ritmo.

Algo lo golpeó por un costado, tan fuerte que lo dejó sin aliento antes de tocar el suelo. No tenía idea de dónde vendrían. El hombre que lo había golpeado se puso de pie. Otro estaba detrás, mirando a Ranat, que yacía acurrucado sobre las losas mojadas, sin aliento.

El primero se sacudió, murmurando maldiciones.

"La próxima vez puedes ser el que salte al maldito barro", le dijo a su compañero.

Era grande bajo el áspero atuendo campesino de lana, con un bigote color arena que ocultaba su boca. Ranat, a través de sus jadeos dolorosos, sospechó que se estaba burlando.

El segundo hombre, bien afeitado y de cabello negro, con una cara olvidable, dijo:

"Deja de quejarte. Esta no es tu ropa. Si no te gusta mojarte, deberías haber entrado en una línea de trabajo diferente. Átalo".

Se giró para dirigirse a Ranat cuando su compañero le dio la vuelta y le ató las manos. Ranat se dio cuenta de un centenar de pares de ojos cuando las personas se reunieron alrededor del espectáculo que se desarrollaba, disminuyendo su ritmo al pasar, fingiendo que no estaban mirando.

"Ranat Trotz", entonó el segundo hombre, de mirada aburrida como si leyera las palabras en la cara de Ranat. "Has sido juzgado, sentenciado y condenado por asesinato, y sacado de los Libros del Cielo. Su ejecución tendrá lugar por voluntad de la Gracia de Fom. Hasta ese momento, o hasta la muerte, se le mantendrá en el Pozo para que lo vea el público. ¿Tienes alguna declaración?

Ranat estiró el cuello para mirar las caras de los dos hombres que lo miraban y la multitud de espectadores que se alejaron. El olor de la piedra fangosa era fresco y calmaba sus pulmones, que aún ardían por aire. Una palabra rebotó alrededor de su cabeza, apretando el nudo de pánico que se estaba acumulando profundamente en su estómago, una palabra que salió de su boca antes de darse cuenta de que la había pronunciado. "¿Asesinato?"

CAPÍTULO CUATRO

Las imágenes del futuro de Ranat pasaron por su mente cuando los dos hombres lo escoltaron por las calles. Escenas mezcladas con terror. Sabía del Pozo, incluso si nunca hubiera sido del tipo que disfrutaba de ese tipo particular de entretenimiento. Una cisterna drenada cerca de las arenas, encarcelaba lo peor que la Iglesia tenía para ofrecer, o al menos lo peor a lo que a ellos respecta. Sin celdas, sin guardias. Solo un agujero, abierto al cielo, donde los ciudadanos de Fom podían burlarse de las doscientas manos condenadas que se encontraban debajo. La única comida en el pozo era lo que los espectadores arrojaban, podridas y envenenadas la mayoría de las veces, y la competencia por los pocos restos que quedaban era legendaria. La gente lo llamaba la Arena de los Campesinos porque la lucha en el Pozo podía ser tan buena como lo que hacían los profesionales, y era gratis.

Ranat se imaginó en el fondo de ese agujero, luchando con los demás por unos trozos de carne tóxica o verduras podridas, muriendo de hambre o muriendo en las convulsiones lentas y dolorosas provocadas por el veneno, derribado por un pariente vengativo de la víctima o el hijo de un mercader aburrido. Se imaginó sobreviviendo el tiempo suficiente para ser escoltado a la superficie nuevamente solo para ser colgado en vergüenza pública, su nombre borrado de los Libros del Cielo.

Asesinato. ¡*Asesinato*! Su mente es cupió la palabra. Toda su vida había pasado por lo correcto. Quizás no sea correcto para todos, pero sí para él. Solo robaba lo que los muertos no necesitaban. Nunca pidió nada de los vivos. Regateó, pero nunca preguntó. La idea del asesinato lo enfermó, pero la idea de ser llamado asesino lo llenó de ira. Había crecido fuera de control en las calles de Fom. Más de una vez, le habría hecho la vida más fácil si hubiera matado a alguien, pero siempre había tomado el camino correcto. El camino más duro.

Y no por miedo al castigo. Si lo hubieran condenado por robar tumbas, la sentencia habría sido la misma, pero habría sido un destino con el que podría estar en paz. Su propia culpa. Podía aceptar las consecuencias de las acciones de su vida: hacía mucho tiempo que había aceptado que su vida podría terminar así. Sería una ejecución honesta, al menos.

Esto, sin embargo, para que su nombre sea condenado por siempre debido a una acción que no fue suya, era demasiado para soportarlo.

No dijo nada a sus captores. Sabía que no tenía sentido. Eran fieles al Cielo o bien compensados por el trabajo que hicieron para la Iglesia. O ambos. No lo escucharían. Tenían un trabajo y lo harían.

Ranat no había estado prestando atención a dónde lo llevaban, pero ahora se dio cuenta. Las calles se ensanchaban, abarrotadas de gente. Los quioscos se alineaban a ambos lados del bulevar y más adelante se alzaba una de las arenas más pequeñas. La gente se arremolinaba frente al edificio de piedra roja como hormigas que rebosan frente a su colina pateada, esperando que se abran las puertas. Lo llevaban directamente al pozo.

Sabía que esto no debería sorprenderlo. Le habían dicho que su juicio y sentencia habían tenido lugar sin él. Aun así, había imaginado... algo. Una celda de retención. Una caseta de vigilancia. Una cámara de tortura, incluso. Cualquier cosa que retrasaría lo inevitable.

Cualquier cosa.

Ranat, quien hasta ahora había permitido que la pareja lo guiara, saltó hacia atrás del hombre detrás de él, que había estado guiando al viejo gastado con solo una mano apoyada sobre su hombro.

El guardia tropezó, se enredó sobre su propio talón y cayó. Ranat cayó sobre él. La adrenalina aumentó, y Ranat se puso de pie, con las manos aún atadas detrás de sí, y esquivó el segundo golpe de su captor.

Soy un hombre viejo, pensó Ranat. *Son jóvenes y yo soy viejo. Pueden llevarme cuando quieran.*

Pero no lo hicieron. En cambio, el golpe fallido del segundo hombre lo hizo tropezar con el primer guardia antes de que pudiera ponerse de pie, y nuevamente ambos terminaron en el suelo en una maraña de brazos y piernas.

Ranat corrió.

Pueden atraparme, pensó. *Soy un hombre viejo Mis manos están atadas. Todos señalarán el camino que tome, y me atraparán. Si tengo suerte, decidirán que no merezco la molestia y me matarán en la calle.*

Continuó corriendo, avanzando entre la multitud de personas, esquivando esta calle y ese callejón, cayendo, poniéndose de pie y corriendo de nuevo. Los gritos y la discordia general brotaron detrás de él, pero se alejaban más, hasta que se desvanecieron en la voz murmurante de la ciudad.

Finalmente, sus pulmones ardientes y sus piernas gomosas lo obligaron a detenerse. Luchando por respirar, se dejó caer al suelo junto a una rejilla de cobre, verde con acetato cúprico y un aire cálido, ondulante y húmedo. Estaba en un callejón. Aquí las losas, que eran de piedra y no de adoquines, estaban limpias y encharcadas con agua de lluvia. No había nadie más a su alrededor, aunque en algún lugar cercano, podía oír carruajes y carretas. No tenía idea de dónde estaba. Las nubes se habían elevado nuevamente, dando la falsa promesa del sol.

Miró a su alrededor buscando un pedazo de vidrio o algo que pudiera usar para cortar los lazos de sus manos. Sin vidrio, pero una tubería de cobre irregular sobresalía del piso del callejón como a dos manos de altura, parecía que hubiera sido cortada no hace mucho tiempo. El borde todavía brillaba a la luz gris, intacta por la corrosión.

Ranat se deslizó y raspó sus ataduras sobre la tubería hasta que se aflojaron y se rompieron, rezando todo el tiempo que la válvula conectada no comenzara a arrojar vapor al rojo vivo sobre su espalda. No podía creer que había escapado, y la idea de hacerlo solo para ser escaldado hasta la desfiguración y la muerte en un callejón no le sentaba bien.

Con las manos libres, se dejó caer contra la pared, pensando. Su muñeca izquierda estaba sangrando. El corte parecía demasiado limpio para haber ocurrido en la tubería, pero no sabía dónde más podría haberlo conseguido. La sangre goteaba sobre el puño de su bata blanca y agregaba una nueva mancha. Ignorando la fría corriente que flotaba sobre su pecho, arrancó una tira de su camisa y cubrió la cortada lo mejor que pudo con su mano libre.

Necesitaba salir de la ciudad, pero no estaba seguro por dónde. Excepto por mar, Fom estaba aislado, y nunca podría pasar por la aduana hasta los muelles. Más allá de los viñedos, la costa hacia el sur estaba vacía. La ciudad de Maresg estaba al norte, pero no estaba seguro de qué tan lejos, y sabía lo suficiente como para conocer que los caminos habían sido abandonados hace siglos después de que se declarara libre de la Iglesia, y nadie se había molestado en detenerla. Los dirigibles iban por allí a veces, costa arriba, pero no tenía forma de abordar uno. Las montañas que respaldaban a Fom hacia el este solo tenían un paso, y no había nada más que páramos al otro lado.

El sur sería lo mejor. Habría pueblos de pescadores, de todos modos. A partir de ahí, podría gastar el resto de su estaño, que los matones de la Iglesia no se habían molestado en quitarle, en el pasaje a Maresg. Estaría a salvo allí.

Nunca volvería a ver a Gessa. Ese pensamiento trajo una

punzada de arrepentimiento más grande de lo que esperaba, pero se recordó a sí mismo que si se iba, ella también estaría más segura.

Ranat vagó con el flujo y reflujo de la multitud hasta que descubrió dónde estaba. Después de unas pocas cuadras, se orientó y sintió un leve toque de alivio al descubrir que ya había estado yendo hacia el sur. Era media tarde, tal vez más tarde. Los edificios a lo largo de ambos lados tenían fachadas de mármol, y algunas de las estructuras más grandes tenían cúpulas de cobre verde más prevalentes alrededor del Salón de los Sabios, que se extendían hacia el este y el sur.

Para estar seguro, abandonó la avenida principal nuevamente, manteniéndose más al oeste hasta llegar a donde los almacenes y quioscos de vendedores de frutas y pescaderías se alineaban en las calles. Y bares.

Se humedeció los labios con su lengua y miró hacia el estrecho cinturón de cielo cortado entre edificios como si pudiera discernir la posición del sol. Las nubes habían vuelto a bajar y la lluvia había comenzado a caer en serio. Estaba más oscuro que antes, pero había perdido la noción del tiempo y no sabía si estaba anocheciendo o si las nubes se habían vuelto más gruesas. Al menos, pensó, podría ver el sol de vez en cuando después de dejar Fom.

Un respiradero de latón comenzó a silbar vapor del suelo detrás de él.

Se dijo a sí mismo que había un riesgo de que aún no hubiera anochecido, y que sería más fácil salir de la ciudad al anochecer. Para estar seguro, él acababa de llegar a una posada para tomar una copa o dos. Hasta que fuera de noche.

———

Había estado oscuro durante más de tres horas, pero Ranat tardó cuatro en darse cuenta. La posada que había elegido, que tenía un letrero que representaba lo que parecía un pato sentado en una cama, pero por alguna razón, los clientes lo llamaban El Barril con Fuga, tenían un libro de visitas en una esquina del bar. Nadie parecía tener ningún interés en firmarlo, ni lo habían hecho, al parecer, en años. Ranat pasó el tiempo bebiendo un brebaje atroz de glogg mientras lo hojeaba. Los nombres y las fechas abarcaron veinte años y más. Ranat se preguntó quiénes eran, de dónde venían, por qué razón habían terminado en El Barril con Fuga, o tenían la necesidad de firmar el libro de visitas de cuero desgastado. O, por qué motivo, ya no lo hacían. Había pensado en llevarlo consigo, pero era demasiado grande para cargarlo, y de todos modos nunca podría unirse a su colección, que ahora estaba abandonada.

La idea lo entristeció, lo que lo llevó a apartarse del libro de visitas y mirar por la ventana. La noche cubrió a Fom.

Bebió lo que quedaba en su taza y se puso de pie tambaleándose. El bar se había vuelto más concurrido mientras se había sentado allí perdido en la lista de nombres, y una mezcla de trabajadores de almacén y profesionales bien vestidos lo ignoraron mientras salía tambaleándose por la puerta.

Ya era bastante tarde para que las calles de esta parte de la ciudad estuvieran vacías. La lluvia había levantado, pero la niebla había entrado. Las luces intermitentes creaban piscinas aisladas de pálido resplandor. Ranat tropezó, primero de un lado de la calle, luego al otro, mientras atravesaba de una isla de luz a la siguiente.

Los acontecimientos de ese día fueron confusos, como un sueño del que estaba convencido de que era real, pero que ahora era un recuerdo fracturado y confuso. Más de una vez, revisó su muñeca, casi esperando que no hubiera un corte o, si lo hubiera, recordar dónde le había sucedido. Pero cada vez que estaba allí, un único recuerdo amargo se destacaba.

Asesinato.

La calle se convirtió primero en una suave pendiente, luego en una colina, luego en una montaña. En Fog volvió a llover, luego neblina nuevamente mientras trepaba hacia la cresta que dibujaba el borde de la ciudad. El camino se ensanchó, los edificios se extendieron hasta que se convirtieron en propiedades separadas, completas con casetas de entrada y jardines arbolados.

Él continuó. Sobre la niebla, la colina todavía se elevó otros doscientos pasos antes de terminar en una cresta negra, sobre la cual centellearon algunas estrellas. Le dolían las piernas, le latía el corazón y el sudor frío le caía por la espalda. No podía parar, no miraba hacia atrás.

Y luego, allí estaba. Debajo y adelante, los viñedos odiados. Largas y ordenadas hileras de enredaderas, verdes con hojas pero aún sin frutos, marchaban como filas de soldados borrachos hasta los acantilados, quebradas ocasionalmente por la granja o el dormitorio de servicio. Más allá, el mar brillaba: un vacío sin fin, incluso las capas blancas invisibles por la distancia y la oscuridad de la noche.

No había estado aquí en años. Solía venir, hace mucho tiempo, escabullirse por las viñas cada año para ver a sus hermanas y hermano. Nunca se arriesgó a hablarles ni a dejar que lo vieran, pero había venido. Solo para mirar. Primero cada año, luego cada dos, hasta ahora. No recordaba la última vez que había subido esta cresta, pero había sido más joven entonces. Muy muy joven.

Los odiaba en aquel entonces. Culpó a sus padres por su vida plantando vides y cosechando uvas. Acuso a sus hermanos por la culpa que sintió después de irse.

Ranat miró las formas oscuras de las granjas, las siluetas en la penumbra, pero aún podía verlas como un niño de nueve años, maldiciendo su existencia. Techos de tejas rojas y muros de piedra. Persianas lacadas pintadas de verde o naranja. Era un niño estúpido en aquel entonces, ciego a todos menos a sí mismo, ignorante.

Y ahora era un viejo estúpido.

Detrás de él, Fom, la ciudad más grande del mundo, yacía arropada por su niebla eterna, todo su esplendor reducido a una borrosa masa amarilla. Un lecho de rastros salía de los pulmones de un luminoso troglodita.

Se dejó caer en una roca plana en cuclillas al lado de la carretera y miró hacia la ciudad. La masa de niebla no era del todo habitual. Allí, a lo lejos, justo al borde de su vista, las Torres de Aduanas que bordeaban el puerto se asomaban a través de la niebla, sus tapas de bronce brillaban en la luz ámbar difusa que se extendía debajo de ellas.

Los fantasmas de su pasado lo perseguían. Por un lado, los viñedos. Padres que había abandonado a la esclavitud. Hermanos, ahora tan muertos como su madre y su padre, que se habían quedado a pesar de su sufrimiento, para no perder el insignificante Cielo de Piedra que se habían ganado después de toda una vida de miseria.

Por otro parte, Fom. La vida que había elegido, el cielo y su familia serían condenados. Se dio cuenta de que lo que siempre había temido era una muerte oscura, pasando en soledad, un cuerpo sin nombre para que un mendigo saquee en un callejón lleno de basura...

Ahora, habían tomado incluso eso. La oscuridad era solitaria, pero era mejor que la infamia. Hace unas semanas, nadie sabía quién era Ranat Totz. Ahora su nombre fue eliminado de los Libros del Cielo. Ranat Totz era un asesino. Y no un asesino con una causa noble y equivocada, sino un matón mezquino que había apuñalado a un hombre en el corazón por su dinero.

Ranat sintió ira nuevamente como manantial de bilis. Siempre había creído que valía la pena vivir una vida honesta, al menos honesta consigo mismo. Ahora, pensó, ¿qué significan todos esos años de honestidad, si por una eternidad después, solo sería recordado por un crimen que no era suyo?

Volvió a mirar hacia los viñedos, deseando continuar su exilio, pero ahora era algo vacío, su testamento. ¿Qué hay dentro de un nombre? Nada y todo. Nada, porque mientras estés vivo, un nombre es justo como la gente te llama. Todo, porque después de que te hayas ido, es todo lo que queda.

El nombre de Ranat Totz estaba contaminado ahora, todo para que un contrabandista o un matón del mercado negro pudieran vivir su vida en paz después de que un trato saliera mal.

Se frotó las lágrimas que empapaban su rostro y goteaban de su barba nudosa. Ahora veía que toda su vida había sido inútil, egoísta. Una búsqueda de dinero fácil. Un trago tras otro. Cada momento de su vida había existido solo para el siguiente. Temiendo la oscuridad sin hacer nada para evitarlo, hasta que solo quedó su nombre. Y ahora, eso también se había ido.

Bueno, pensó. A la mierda eso. Toda su vida había sido una salida fácil, y ahora no quedaba nada. Pero no era demasiado tarde.

Se limpió los ojos nuevamente, se restregó la cara con las manos y respiró hondo. El aire nocturno olía a lluvia y agua salada.

Ranat Totz comenzó a caminar hacia Fom.

CAPÍTULO CINCO

El vendedor ambulante cayó de rodillas llorando. "¡Perdóname! Cielos, perdóname", balbuceó. "Por favor. No tenía otra opción".

Ranat miró a su alrededor, incómodo. Era media mañana; No había dormido en dos días y estaba comenzando a lamentar su decisión de ir a ver al vendedor ambulante primero. Estaba contento de que no hubiera otros clientes alrededor para ver esta escena, pero le preocupaba lo que podría pasar si entrara alguno.

"Mira", dijo. "No soy-"

"Me hicieron decirles de quién obtuve el cinturón. Ellos dijeron-"

"Espera. Solo espera. YO-"

"... elevando mis Impuestos de Salvación nuevamente, y-"

"Detente, escucha..."

"... van a matarme..."

"¡Cállate!" Ranat sacó su mano izquierda, que conectó a la cara redonda del vendedor ambulante. El vendedor ambulante retrocedió con un grito, apretándose la nariz pero, para su crédito, dejó de hablar. Ranat miró su muñeca izquierda, que había comenzado a sangrar nuevamente con el impacto. Se maldijo a sí mismo y buscó algo para envolverlo. Estaba temblando. Necesito un trago, pensó. Solo uno, para que pudiera pensar.

El vendedor ambulante se encogió, bajando la cara y gimiendo.

"No voy a lastimarte", dijo Ranat tan tranquilo como pudo. "Er, de nuevo".

"¿Qué deseas?" La voz del vendedor ambulante era nasal y amortiguada alrededor de la mano, aún sosteniendo su nariz. La irritación indignada había reemplazado el miedo en su voz.

"Dime lo que sucedió. Despacio."

El vendedor ambulante respiró hondo. "Dos hombres de la Iglesia aparecieron aquí el día después de que entraste. Ni siquiera tuve la oportunidad de desarmar el maldito cinturón. Lo encontraron, me preguntaron de dónde lo había obtenido. Les dije la verdad: eras un tipo con el que nunca había hecho negocios antes y no sabía quién eras. Pero presionaron."

Ranat se congeló. "¿Qué les has dicho?"

"Que eras amigo de Gessa".

"¿Has involucrado a Gessa?" La voz de Ranat era helada.

"No no no. Bueno, sí, pero ella está bien". El vendedor ambulante respiró tembloroso y tragó saliva cuando vio que la cara de Ranat se oscurecía. "Lo juro. Ella está bien. Ella me ayudó con algo ayer. Solo la vigilaron hasta que te encontraron. Pensé que ellos... ¿cómo...? Tragó de nuevo.

"Si mientes..."

"claro, claro. No estoy mintiendo."

"Entonces, ¿qué pasa con el cinturón?" Ranat exigió. "¿A quién le pertenecía?"

"¿Qué quieres decir? No te había dicho algo. Alguien alto. Más allá de eso, ¿cómo demonios debería saber? Hay tres mil sellos personales flotando alrededor de la Iglesia. ¿Crees que puedo nombrar a tres de ellos?

Ranat suspiró y se echó hacia atrás, agarrando sus manos temblorosas. "Si. Bueno. Bien. Tienes razón. Lo siento. Perdón por tu nariz. Suspiró nuevamente. "Lo siento."

Luego se dio la vuelta y desapareció en la concurrida calle.

———

Al caer la tarde, Ranat encontró a Gessa, inactiva frente a la cervecería. La miraba desde la boca de un callejón no mucho más ancho que sus hombros, un poco más abajo en el camino, y volvía la cabeza hacia las sombras cada vez que miraba en su dirección.

Quería hablar con ella, no había sabido cuánto había querido hablar con ella hasta que la vio allí parada, pero sabía que todavía debían estar observándola. Por medio de ella fue como la habían encontrado la primera vez. Lo estaban buscando ahora, y ella era la única conexión que tenían. Ella, y se había dado cuenta demasiado tarde, el vendedor ambulante también.

Aparentemente, no habían considerado que Ranat fuera directo al hombre que lo había delatado. Había tenido suerte con eso, y lo sabía. No estaba a punto de explotarlo ahora. No hasta que hizo lo que tenía que hacer.

Parecía que Gessa estaba esperando a alguien, pero cuanto más la miraba, más se preguntaba. ¿Ella lo esperaba a él? Sintió que se le erizaban los pelos en la nuca al pensarlo. Si la estaban observando y ella lo esperaba a él... sin importar cómo lo mirara, no se veía bien. Él esperaba que ella no estuviera en eso también. Incluso si ella no hubiera tenido otra opción, el pensamiento era más de lo que él podía soportar.

Decidió que preferiría no saberlo, y se escapó de nuevo, mientras Gessa continuaba esperando a través de las sombras cada vez más profundas y las lámparas incandescentes encendidas a su alrededor.

———

La Biblioteca del Cielo, conocida más comúnmente como La Biblioteca, era una torre ancha y baja de vidrio volcánico, ciclópea y fuera de lugar junto a los delicados contrafuertes blancos y rosados del Salón de Los Sabios y el palacio adyacente.

La Biblioteca contenía los nombres de todas las personas en Fom que alguna vez habían pertenecido a la Iglesia de N'narad, y en qué nivel del Cielo alcanzarían, o en qué estado se encontraban ahora. Un registro fiscal permanente.

Ranat tenía sentimientos encontrados sobre La Biblioteca. A pesar de su fascinación por leer listas de nombres, nunca había estado allí antes, aunque estaba abierto al público una vez por semana. No hubo Impuestos de Salvación para un ladrón de tumbas, e incluso si los hubiera, no pensó que los habría pagado.

Aun así, se había criado con la Iglesia, y siempre había tenido la sensación de que su desprecio casual del sistema impositivo de N'naradin lo había condenado al Vacío. O peor, ahora que había sido sacado de los Libros, condenado a un sufrimiento interminable.

Se había tragado la sed y había gastado la mayor parte de su última estaño en una nueva camisa de lino, gris oscuro y pantalones de lana áspera. También se hizo de un abrigo nuevo. Por mucho que había llegado a amar al otro, necesitaba admitir que era una mala idea usar un abrigo manchado de sangre que alguna vez perteneció a un funcionario muerto y que había sido condenado por asesinar en el corazón del poder de la Iglesia. La ropa nueva se sentía rígida y extraña, y Ranat se dio cuenta de que era la primera ropa que había usado en cincuenta años y que no había salido de entre los muertos.

También se había afeitado en su sótano, después de haber observado el lugar durante un día y haber decidido que nadie estaba al acecho, esperando que volviera a casa. Había visto a personas afeitarse con navajas de pedernal antes. Parecía bastante fácil, pero una docena de pequeños tajos al azar le cortaban la cara. Había pasado más de un día durmiendo, pero cuando se fue a La Biblioteca a la mañana siguiente, los cortes todavía ardían. Su espejo empañado revelaba a un anciano de cabello harapiento con ojos cansados y tristes y papada con cicatrices. Su piel era gris, a excepción de la docena de pequeños cortes recientes en la cara y su nariz rojiza y bulbosa. Ranat se sintió aún más conspicuo que antes.

En el camino hacia la Colina de la Catedral atravesando sus puertas, fue ignorado. Solo otro viejo campesino, vestido con lo mejor que tenía, vino a ver su nombre en los Libros antes de morir.

La Biblioteca era una gran espiral, cada cámara dentro de una bóveda y paredes con libros encuadernados en cuero. Cada habitación estaba conectada a una escalera de caracol central. Diecinueve bóvedas en total, desde la base hasta la cima. Una bóveda para cada Cielo, y una más para personas como Ranat, con destino al purgatorio del Vacío por nunca pagar sus Impuestos de Salvación.

No, se recordó a sí mismo. Uno más para personas como él *solía* ser. Ahora su nombre no figuraba en ningún libro.

Ranat se detuvo en la base de las escaleras. La imponente entrada yacía detrás de él, un arco de basalto tallado en nudos de gruesa cuerda, sostenido en alto por pilares cuadrados y pulido tanto que el flujo constante de visitantes podía verse reflejado en las brillantes superficies negras. Almas ahogándose en la oscuridad.

Las escaleras frente a él, de mármol blanco, rodeaban la pared hasta el mosaico del Sol y la Luna que brillaba en el techo, hecho con innumerables astillas de vidrio y bronce. Las paredes también eran de mármol, con cientos de bajorrelieves sombríos de personas que Ranat no reconoció. Las amplias puertas dobles que seguían a las escaleras, se mantenían totalmente abiertas, estaban cortadas de brillantes bloques de vidrio volcánico.

Soldados uniformados con los colores blancos y rojos patrullaban las escaleras y los diversos descansos entre las mismas, a veces respondían preguntas de los feligreses, pero en su mayoría parecían aburridos. Ranat mantuvo la cabeza baja mientras subía los escalones, pero ninguno de ellos le prestó mayor atención que el resto de los campesinos.

La gran mayoría de los visitantes de la ciudad desaparecieron en una de las dos primeras bóvedas, que representan los niveles más bajos del cielo, en lados opuestos de la planta baja. No entró en ninguno de ellos, pero pudo ver a través de las puertas, que descansaban entreabiertas en enormes bisagras de piedra. Las bóvedas inferiores eran enormes: la mitad del tamaño del resto de la Biblioteca, bordeadas de tomos que contenían pequeños nombres y fechas de nacimiento. Se preguntó cómo una persona podría encontrar un nombre escrito en uno de esos tomos. Solo uno en una lista de millones.

Ranat todavía no sabía a quién estaba buscando. Sin embargo, sí sabía que el hombre que no había asesinado era un funcionario de alto rango de la Iglesia, recientemente fallecido, cuyo sello personal era un fénix. Decidió que comenzaría a buscar en la cima.

Los niveles más altos estaban casi vacíos en comparación con la masa de enjambre que entraba y salía de las dos bóvedas inferiores. Un guardia, vestido de blanco, con el Sol y la Luna de la Iglesia bordado en rojo sobre su corazón y más grande en su espalda, se apoyó en la barandilla de mármol, mirando hacia las multitudes debajo, con pensamientos distantes grabados en su rostro.

Cuando Ranat subió las escaleras, el hombre se enderezó y observó cómo se acercaba el viejo.

"Las bóvedas más bajas contienen los libros más bajos del Cielo", explicó el guardia como si no pudiera imaginar por qué Ranat avanzaría más en la Biblioteca.

La mente de Ranat se volvió hacia lo mucho que necesitaba un trago. Un frasco de ron cabalgaba en su bolsillo, casi medio lleno, pero sabía que ahora sería un mal momento para tomar un trago. Se aclaró la garganta e intentó ajustar su postura para que pareciera que sabía lo que estaba haciendo.

"Encontré mi nombre", murmuró. "Y algunos otros que quería ver. Solo pensando, ya que estaba aquí, vería quién se metió en los Libros más altos a lo largo de los años. Quiero decir, además de la Gracia y el Obispo. ¿Quién más puede estar allí arriba? Él hizo un gesto con la cabeza hacia las escaleras que conducían más allá del guardia. "Es decir", agregó, "si se nos permite a la gente común".

El guardia lo miró con desdén cansado, un local que daba instrucciones a un turista. "Sí está bien. Siga adelante." Volvió a apoyarse en la barandilla, mirando a la multitud, olvidando al viejo hombre.

Ranat asintió agradeciendo al hombre dejado atrás y subió las escaleras. Ninguno de los otros guardias se molestó con más que una mirada al abuelo que tropezó con los escalones más allá de ellos, sin aliento y cojeando con las piernas cansadas.

La bóveda más alta, que albergaba los nombres de aquellos con destino al Cielo de la Luz, todavía era enorme, aunque tal vez un vigésimo del tamaño de una de las más bajas. Las vidrieras amarillas se agruparon en la parte superior de la habitación, convirtiendo la tenue luz gris de Fom en un facsímil de sol. Los libros aquí eran más delgados, pero más anchos y cuadrados, de aproximadamente tres longitudes de mano a un lado. Unos pocos visitantes acecharon, hojeando viejos tomos o caminando entre los estantes, pasando los dedos por los lomos de cuero, su reverencia gritó a través de su silencio. A un lado había dos mesas de roble adornadas con viñas y flores. En cada uno yacía un inmenso libro, casi ocho manos a un lado, así como de grueso. Arriba de uno, un letrero decía: "Libro de los Obispos". Por encima del otro: "Libro de las Gracias".

Ranat se preguntó si eso significaba que las Gracias y los Obispos llegaron a un nivel aún más alto del Cielo. La idea lo hizo resoplar sin reír.

Un antiguo escribano con túnicas rojas y negras con el pelo grueso y blanco levantó la vista del escritorio junto a la puerta cuando Ranat entró, pero volvió a su trabajo sin decir una palabra. El hombre tenía una lista garabateada frente a él y estaba escribiendo los nombres en un nuevo tomo. Ranat vio, con un nuevo rayo de esperanza, que después de escribir cada nombre, seleccionó un sello de una serie de cajas de vidrio alrededor del escritorio. Lo sumergió en tinta antes de estamparlo junto a las anotaciones o entradas realizadas. Cada sello en la Iglesia vinculaba a cada nombre.

Ranat miró a su alrededor, dudó y se volvió hacia el escribano. Él disimuló, y cuando el viejo no volvió a levantar la vista, se aclaró la garganta. El sonido áspero resonó en el techo abovedado, e hizo una mueca al oírlo.

"¿Si?" El susurro fue áspero y casi tan fuerte como la tos de Ranat. Algunas personas miraron furiosamente en su dirección.

"Estoy,eh, buscando a alguien. Ellos, eh..." Se desvaneció bajo el ceño fulminante del escribano. "¿Sí?" El hombre volvió a susurrar, incluso más fuerte que antes. "¡diga lo que quiere!"

"Alguien dentro de la Iglesia murió hace poco, y quiero presentar mis respetos", Ranat soltó las palabras tan rápido como pudo en un susurro grave. En los bolsillos de su abrigo, apretó los puños para evitar que le temblaran las manos.

El escribano hizo un gesto con la cabeza en dirección a la pared opuesta a los Libros de las Gracias y los Obispos. Donde había otra mesa con otro libro, el tamaño de este más acorde con los demás. Sobre él, un letrero que decía: "Libro de la Vida".

Ranat lo miró y luego al hombre, que ya había vuelto su atención a su trabajo. "Umm. ¿Si ha fallecido recientemente...?" insistió nuevamente.

El escribano levantó la vista, puso los ojos en blanco y asintió por segunda vez hacia el libro.

"\ah", susurró Ranat. "Gracias."

Ranat se acercó al Libro de la Vida y lo abrió, casi esperando un grito de alarma cuando tocó la tumba, pero la habitación permaneció en silencio bajo el susurro del pasar las páginas.

El Libro de la Vida era diferente a los demás en la sala, a pesar de su tamaño idéntico; más allá de una simple lista de nombres y sellos, se imprimieron breves obituarios debajo de cada nombre.

Ranat tragó saliva, esperando ser capturado por un guardia que acechaba invisible detrás de él. La sala permaneció en calma.

Echó un vistazo a los nombres, trabajando de atrás hacia adelante. Con los obituarios cortos, solo había diez nombres por página. Ranat se preguntó cuánto tiempo tenía que estar muerto alguien antes de ser transferido a un libro normal, y qué harían con este Libro de la Vida cuando uno nuevo estuviera lleno.

Encontró el fénix en la tercera página. Angular y estilizada, no hubo error. Se abrazó a sí mismo mientras leía, sus manos temblorosas las apretó en para colocarlas en forma de puños y metiéndolas bajo las axilas.

Hierofante Trier N'navum, nacido Nir 7699 - Muerto Ageus'tan 7747.

Tercer Hierofante bajo el Arzobispo Daliius III. Su posición era vista a menudo como la más difícil de las Cinco; recayó sobre él para reestructurar los puestos problemáticos en los confines más distantes del N'naradin Fold. Le sobrevive su hermano Lem; su alma descansa en el cielo de las flores.

Ranat se apartó del libro, sus manos temblorosas le picaban por alcanzar el frasco de ron escondido en su bolsillo. Se obligó a dejar caer los brazos a los costados y salir de la bóveda, luego bajó las largas escaleras y salió de la biblioteca, sin prisa, con expresión tranquila.

Se prohibió la botella hasta que salió del complejo en la cima de Colina de la Catedral y se escondió en una de las calles estrechas y llenas de vapor del Paseo de Gracia. Allí, bebió un largo trago y frunció el ceño. Pensó que había algo más en todo esto.

Había estado preocupado por ser acusado de matar a cualquier funcionario casualmente, pero el hombre había sido un maldito Hierofante. Llamarlo de "alto rango" no lo tapaba.

Cuando el mismo de niño se enseñó a leer, sacando libros de la oficina del viticultor, a menudo lo hacía con libros sobre la Iglesia. No eran historias de los Cielos, sino gráficos y listas de la jerarquía, el viticultor era solo un hombre secular. Ranat probablemente sabía más sobre la estructura de la Iglesia que cualquier otro campesino, y la mayoría de los comerciantes también. El problema era que, ahora que sabía a quién se le acusó de matar, tenía más preguntas y ninguna respuesta.

Los Hierofantes operaban bajo el comando directo del Arzobispo para alinear a los gobiernos locales. Trier N'navum no podría haber estado aquí para eso. Fom no era un puesto de avanzada provincial distante. Bueno, si lo estaba, Fom, era tres veces más grande que la ciudad capital de Tyrsh, y la Gracia de Fom era la segunda al mando de la Iglesia.

Trier N'navum podría haber estado en Fom por varias razones. Reunirse con la Gracia o simplemente pasar por el puerto camino a una prefectura remota a lo largo de la costa. Sin embargo, nada de eso explicaba lo que uno de los miembros más poderosos de la Iglesia estaba haciendo en un callejón cerca de Lip, solo, en medio de la noche.

Ranat drenó el frasco de ron, luego lo agitó cerca de su oreja, esperando que quedara un trago que no fluyera a su boca con el resto.

Luego suspiró, metió la botella vacía en el bolsillo y comenzó a caminar penosamente a casa, con las preguntas flotando en su mente.

CAPÍTULO SEIS

Ranat se agachó en el callejón donde había encontrado el cuerpo del Hierofante Trier N'navum, mirando los adoquines fangosos, tratando de forzarles respuestas con fuerza de voluntad.

No había, por supuesto, ninguna señal de que un cuerpo hubiera estado allí. Era poco después del mediodía. Las nubes eran altas y brillantes, otorgando un raro alivio de la llovizna. En lo profundo de las sombras de la calle angosta, un respiradero de Obras de Marea expulso la presión. Detrás de él circulaban carros y peatones, y el coro de mendigos que habían emergido de los túneles cercanos de Lip.

Suspiró y el sonido burbujeó en su pecho. Eso no podría ser bueno, pensó. Había dormido un poco en una casucha abandonada a pocas cuadras de su habitación después de haber salido de la Biblioteca, temeroso de volver a casa en caso de que la Iglesia estuviera mirando. Pero su mente había estado demasiado activa con preguntas que no tenían respuestas para descansar mucho. Sentía que había envejecido veinte años en la semana desde que había encontrado el cuerpo por primera vez. Para un anciano, eso decía mucho.

Ranat no sabía lo que estaba buscando. Simplemente sabía que tenía que haber alguna pista sobre lo que el Hierofante había estado haciendo, con quién se había reunido. ¿Quién lo había matado? Tenía que haberlo, o de lo contrario no era justo.

Sin huellas, sin confesiones, sin armas de asesinato ocultas. Nada que le dijera al mundo que Ranat Totz era un hombre inocente. Cuando lo admitió, luchó contra las lágrimas que brotaban. No es justo. Nada de eso.

En la calle, la vida continuaba.

"¿Estaño? ¿Le sobra algo estaño? ¿Solo una pelota o un disco? Discúlpeme señor. Disculpe, señorita."

La canción de los mendigos siguió sonando. Ranat se preguntó si alguna vez se detendrían.Si alguna vez dejaron esta triste franja del Paseo de la Gracia, donde, inexplicablemente, habían decidido converger en un pasado lejano, y habían venido aquí todos los días desde entonces.

Se limpió la cara con una mano sucia, dejando una mancha de barro inadvertida en su mejilla barbuda y tomó un trago de una nueva botella de ron. Uno completo, no un pequeño sorbo. Esto lo había obtenido con su último Tres- Lados y algunas bolas de cobre, pero al menos le durarían más de un día. Ojalá.

La mayoría de los mendigos eran niños. Sabía que sus guardianes los esperaban en los túneles, para entregarles todo el estaño que hacían todos los días, no se guardaban nada. Los comerciantes también lo sabían, por eso los más amables les daban un trago del barril de glogg junto con un par de bolas de cobre. Un poco de algo para ellos.-

Aún así, el sistema funcionaba lo suficientemente bien como para que sus manejadores continuaran enviándolos aquí, al mismo tramo del Paseo de Gracia. Todos los días. Y todas las noches

Ranat dio unos pasos hacia la calle y agitó la botella de ron hacia el mendigo más cercano: un niño de unos diez años, que llevaba unos pantalones gastados y sucios, tan sucios que era imposible saber qué tipo de material eran. No tenía camisa ni zapatos en absoluto.

"¿Estuviste aquí antes del amanecer, hace una semana más o

menos?" Ranat preguntó, sacudiendo la botella de ron de nuevo por si acaso.

El niño no dijo nada pero asintió con la cabeza hacia la botella. Ranat se lo entregó.

El chico tomó un largo trago, haciendo una mueca al quemarse la garganta y se la devolvió a Ranat, limpiándose la boca con su antebrazo sucio.

"No", dijo y lanzó una risa mezquina antes de lanzarse de nuevo a la calle alrededor de una ruidosa carreta de barril, esquivando un camello que intentó morderlo.

Hijo de puta, pensó Ranat. No se molestó en ir tras él. Incluso si hubiera tenido la energía, la habría dejado ir. Se parecía demasiado a algo que el habría hecho. Los niños que viven en la calle obtenían sus cosas de donde podían.

Sintió el peso de la botella, suspiró. El niño debe haber tenido una gran boca para ser un niño pequeño. Bueno, pensó, lección aprendida.

Volvió a levantar la botella y apareció una chica que había visto la primera transacción. Ella era mayor que el niño. Estaba en esos momentos de los años incómodos y desgarbados entre adolescentes y adultos. Su cuerpo debajo de la túnica de arpillera áspera era flaco, los primeros indicios de feminidad tocaban sus caderas y senos, pero su rostro era joven y sin arrugas. Sin embargo, sus ojos eran duros y ancianos.

Él le hizo la misma pregunta. Ella, como el niño antes que ella, no dijo nada y apuntó con la cabeza hacia la botella. El manierismo era tan similar, que Ranat se preguntó si eran hermanos.

"No no. Buen intento. Dime primero, luego ya veremos".

Parecía que podría protestar, pero sobre sacó su labio inferior en forma de un puchero.

"Está bien. No, no estaba aquí. Dame un trago o unos estaños, y te diré quién estuvo aquí".

"Dime primero. Entonces te daré algo".

"¿Y cómo sé que no me joderás después de conseguir lo que quieres?"

Ranat frunció el ceño. "Supongo que no".

La chica lo fulminó con la mirada, sobresaliendo aún más, pero no se fue.

"Mírame", dijo. "¿Me veo como un comerciante para joderte? No estoy mejor que tú, y nunca lo he estado. Dímelo o no, para que pueda seguir adelante y preguntarle a alguien más".

Miró de nuevo la botella y Ranat sintió un inesperado sentido de culpa. Miró la botella de ron de la misma manera que él cuando tenía su edad. La niña no tenía más que una vida difícil por delante, y él la estaba ayudando a meterse en la zanja.

"Bien", dijo antes de que él pudiera pensar más en ello.

"Tengo un amigo. Él no está aquí ahora, pero ha estado haciendo las noches durante el último mes. Mayor que yo. Tal vez de dieciocho, veinte. Tiene una masa de cabello y barba como de cobre pulido, incluso cuando está mojado, el está todo el tiempo aquí. Dame un trago de esa botella y te diré dónde encontrarlo".

Ranat miró a la chica, que lo vió furiosa, como si estuviera lista para golpearlo en el cuello tan pronto como él rechazara su pedido.

"Ya sabes, niña", dijo, mostrando sus dientes perdidos con una sonrisa dura. "Mantienes esa actitud y tu vida será mucho más fácil que la mía". Le entregó la botella.

——————

El hombre de cabello cobrizo al que la chica había llamado Lint pasaba sus días durmiendo en algún lugar del laberinto de Lip. Ranat se había preguntado en voz alta acerca de esperar hasta la noche en que él podría salir para su turno, pero la niña lo había desaconsejado. El Paseo de Gracia era solo una de las calles donde los guardianes enviaban a sus vagabundos a congregarse, y ella no sabía cuándo volvería Lint al mismo lugar.

Ranat no tenía motivos para no creerle. Se había vuelto lo suficientemente amigable después de que él le entregó la botella, y él se obligó a no arrebatársela de la mano cuando ella la levantó por un segundo trago largo. Ella le explicó lo mejor que pudo donde dormía Lint, y Ranat lo había dejado así.

Los túneles de Lip estaban abarrotados y retorcidos, y apestaban. Humo y salmuera, sudor y sexo, muerte, mierda, orina y pescado podrido; todo se unía en los pasajes para convertir el aire en un icor dominante; gas venenoso que no pudo matar, pero enfermó a Ranat cada vez que bajaba.

Es por eso que, incluso después de más de cincuenta años viviendo alrededor del Lip, solo había estado allí un puñado de veces. Una mezcla de túneles y cavernas naturales, y antiguas canteras minadas cuando la ciudad de arriba había sido construida hace milenios; Los pasajes no contenían la maquinaria de Obras de Marea se habían convertido en un hábitat para los desesperados y depravados. Ranat pensó que si se rendía ahora y se escondía en lo más profundo de Lip, la Iglesia nunca lo encontraría. Las autoridades nunca se aventuraban lejos en los túneles.

Las entradas golpeaban las calles fangosas de arriba, a veces nada más que un agujero del ancho de los hombros con una escalera de madera desvencijada que parecía ir a un sótano, pero luego seguía. Las instrucciones de la niña llevaron a Ranat a una de esas escaleras, no lejos de los altos acantilados que marcaban la precaria frontera noroeste de Fom. Podía oír la marea entrante chocando contra la piedra caliza mientras bajaba las escaleras, pero, tan pronto como estuvo dentro, el sonido se convirtió en un fuerte ruido indistinto, sin dirección y que lo abarcaba todo.

La presión era absoluta y Ranat estaba a merced de sus corrientes. La chica lo había hecho parecer bastante fácil, pero viajar en contra del flujo de personas parecía imposible en ese espacio tan estrecho. Lo llevó en la dirección opuesta a la que quería ir hasta que el enjambre de la humanidad lo depositó en una gran sala rectangular con un techo tan bajo que necesitaba agacharse. Docenas de quioscos desvencijados, que vendían de todo, desde ropa cosida y trapos hasta pescado en escabeche, formaban hileras torcidas. El aire estaba estancado, picante con el humo que chisporroteaba de antorchas y lámparas de combustible de alquitrán que cubrían las paredes.

Ranat no tuvo más remedio que esperar cerca del pasaje que lo había expulsado. Nunca encontraría su camino si intentara tomar una ruta alternativa. Un quiosco cercano vendía glogg, y le pagó a la mujer detrás de él la última de sus bolas de estaño para llenar su botella de ron vacía. Frunció el ceño al primer trago, casi lo escupió, pero no lo hizo. El Glogg se podía hacer de casi cualquier cosa, pero esta era la primera vez que sabía a pescado.

Después de un período de tiempo Ranat media sus tragos de glogg con sabor a pescado, la marea de gente que brotaba del pasaje disminuyó, luego se detuvo y comenzó a fluir hacia el otro lado. Agarró su botella y presionó junto con los demás .

Después de eso, fue tan fácil como la niña dijo que sería. El nido de mendigos estaba en una caverna natural a solo cincuenta pasos de la escalera por donde había entrado. Le había tomado tanto tiempo llegar allí que la mayoría de la gente se había despertado, preparándose para sus turnos, vistiéndose o bebiendo jarras de agua turbia, o comiendo carne no identificable planas y delgadas servidas en unas losas de esquisto que servían bien como platos.

El hombre llamado Lint estaba sentado en la colchoneta de su cama, se frotaba los ojos y miraba aturdido a los demás. Fue el primero en ver a Ranat, que estaba en la boca de la cámara, mirándolo. Él arqueó las cejas cuando notó la atención, pero no parecía preocupado por eso.

Ranat titubeó un momento y entró en la habitación, tropezando y casi cayendo encima de una joven que gritaba alarmada. El glogg/pescado era más fuerte de lo que él pensaba

Los demás en la sala observaron con interés pasajero cuando Ranat se dirigió hacia Lint, con cuidado de no tropezar con nadie más.

Lint lo observó acercarse, rascándose la barba. "¿Si?"

Ranat se sentó a su lado sin invitación y le entregó la botella.

Lint lo tomó, lo descorchó y aspiró, luego frunció el ceño y lo devolvió sin beber. Ranat se encogió de hombros, tiró de él y volvió a meter el corcho para tapar la botella. No era tan malo una vez que te acostumbras.

"¿Estuviste en el Paseo de la Gracia antes del amanecer hace una o dos semanas?"

Lint se encogió de hombros. "¿Dónde escuchaste eso?"

Ranat hizo una pausa. "Una chica que trabaja allí arriba ahora. Ella nunca me dijo su nombre. Sin embargo, me dijo que encontrara a Lint. Supongo que eres tú".

Lint frunció el ceño bajo su barba. "Chica inteligente, sin dar su nombre. Ojalá ella no te dijera el mío, tampoco. Si, está bien. ¿Entonces? ¿Qué hay con eso?

"Solo buscar a alguien que vio algo es todo".

Lint resopló. "¿Si? Bueno, tendrás que ser más específico".

"Un chico rico. Iglesia. Bata blanca, cabello negro. Reuniéndose con alguien en un callejón cerca de donde ustedes van. Probablemente un poco antes del amanecer. Un par de horas, de todos modos. No antes."

Pensó Lint. "¿Tienes estaño?"

Ranat vaciló. Le quedaba un solitario Tres lados, escondido en la bolsa de seda debajo de su abrigo. "Tengo pescado-glogg".

Lint soltó una carcajada, a pesar de sí mismo. Luego suspiró. "Muy bien, viejo. Tú ganas. Dame esa botella.

Ranat le ofreció la botella nuevamente. Lint tomó un largo trago, frunció el ceño como si tratara de evitar vomitar y se lo devolvió. Ranat tomó otro trago por si acaso.

"No. No recuerdo nada de eso. ¿Estás seguro de cuándo sucedió? Durante la semana pasada, estuve más arriba cerca de la puerta norte. Pocas semanas antes, estaba en el Paseo, pero la matrona me hizo bajar cerca de las Torres de Aduanas.

Ranat frunció el ceño, se frotó la mandíbula y distraídamente tomó otro trago. ¿Cuándo había encontrado el cuerpo del Hierofante? El tiempo entre entonces y ahora emanaba suavemente en su mente:

una nebulosa serie de noches de insomnio y botellas vacías. ¿Había pasado más de una semana o dos? ¿Había pasado un mes? Tal vez esas veces que había dormido, había dormido más de lo que pensaba. Un día aquí. Dos días allá. Esto sumó, ya había sucedido antes. Más seguido de lo que él podía contar. Nunca había tenido mucho práctica para llevar la cuenta del tiempo.

Sintió los ojos de Lint sobre él, cansados, curiosos, pero no maliciosos. El mendigo nunca había presenciado una reunión como la que Ranat estaba describiendo. Tal vez Lint había estado allí, y simplemente no había notado a dos o tres hombres parados en la oscuridad del callejón.

La frustración, el largo edificio, estalló dentro de Ranat. La caverna nadó en su visión, se convirtió en una constelación borrosa de antorchas y rostros mientras las lágrimas salían sin control. Nadie había visto nada. Los mendigos se habrían centrado en su cantera en la calle, no en una reunión secreta en el callejón. Se resentía por creer que había una oportunidad. Incluso si uno de ellos hubiera visto algo, habrían mirado hacia otro lado y lo habrían sacado de su mente. Las personas que vivían en las calles de Fom no vivían mucho cuando se daban cuenta de reuniones así. Eso debería habérsele ocurrido a Ranat, a todas las personas.

"Pensé... yo-yo... lo siento..." Ranat tartamudeó y se puso de pie, rapidamente. La habitación más allá de sus lágrimas giró y amenazó con arrojarlo al suelo, pero se tambaleó varias veces hacia adelante y hacia atrás sobre la cama de Lint y recuperó el equilibrio. Se balanceó dónde estaba parado, haciendo pequeños círculos en el aire con su cuerpo mientras sus piernas permanecían quietas, pero al menos el peligro de caer había pasado.

"¿Estás bien, viejo?" La preocupación de Lint sonaba genuina.

Ranat no confiaba en sí mismo para hablar, así que solo asintió levemente. El gesto hizo que la caverna girara de nuevo, pero no tan mal como estar de pie. Dio un paso torpe hacia la boca de la cámara. Aire fresco, pensó. Solo necesito aire fresco, y tal vez una bebida que no tenga sabor a pescado.

"Bueno, humm..." dijo Lint que estaba detrás de él.

Algo en su tono hizo que Ranat se detuviera y regresara a medias.

"Quiero decir, no vi una reunión ni nada, como la que dijiste, pero..."

"¿Si?" La voz de Ranat emitió un ronco susurro, y no confiaba en sí mismo para mirar a Lint. Estaba temblando de nuevo, esta vez con vergüenza. Hasta hace unas semanas, no había llorado en sesenta años. Sintió la lástima en los ojos de quienes lo miraban. Sentía que su rostro se enrojecía.

"Bueno, solo eso, ahora que me hiciste pensar en eso, estaba esta carreta de barriles. Una realmente golpeada, pintada de verde, llegó rodando como si fuera a apagar un incendio. El maldito camello que jalaba de la cosa trató de morderme cuando no salí lo suficientemente rápido del camino. De todos modos, como dije, no hubo reunión, pero llevaron la carreta hasta un callejón, justo a lo largo del Paseo, sacaron algo de ella y se fueron de nuevo, por el camino por donde vinieron. Recuerdo haber pensado que era raro ver una carreta a esa hora de la noche sin barriles".

Ranat había dejado de temblar, olvidando su vergüenza. Miró a Lint con ojos más claros de lo que habían estado en mucho tiempo. "¿No viste lo que hicieron?"

"¿Fuera del carro? No, yo tampoco intenté hacerlo. Parecía algo que no era asunto mío. Eso era todo lo que necesitaba saber".

Ranat presionó las palmas de sus manos contra sus ojos y dejó escapar un suspiro profundo y estremecedor. "Parece que tú y esa chica son más inteligentes que yo, entonces".

"¿Eh?"

"No importa. ¿Le echaste un vistazo al conductor?"

"Bueno, como digo, traté de no prestar atención. Sin embargo era dos. El conductor y otro. Capuchas hacia arriba. Cabezas abajo. 'Estaba lloviendo, así que no hay nada raro en eso. Ambos grandes, robustos. Por otra parte, era un vagón de barriles, así que tampoco tiene nada de extraño. De todos modos, espero que ayude.

Ranat respiró hondo y lo soltó. "Si. Gracias. Eso ayuda. Gracias."

Se dio la vuelta, hizo una pausa y volvió a regresarse, buscando debajo de su abrigo su último Tres Lados. "Um, aquí tienes. Yo... gracias.

Lint lo tomó, sonrió. "Guau gracias." Se metió la moneda en el bolsillo. "Y buena suerte. Con... sea lo que sea.

Ranat se sonrió, sus ojos tristes. "Sea lo que sea, es probablemente la última maldita cosa que haré. Pero gracias."

———

El gris oscuro de la tarde se había desvanecido cuando salió de los pasajes, y desapareció antes de pasar de Lip al resto de Fom. La lluvia caía por la noche.

Ranat dejó Lip y caminó. No se detuvo a tomar una copa; no se detuvo a pensar, caminaba con solo una fracción de su mente sabiendo a dónde iba. Pero sabía lo suficiente como para detenerse cuando llegó allí.

Las trece Torres de Aduanas tenían más de mil manos de altura, coronadas con cúpulas de bronce que a veces captaban la luz del sol cuando la niebla de Fom se agitaba , y sus reflejos brillaban debajo: manchas solares atreves de la niebla. La hierba cubría el suelo plano a su alrededor.

Había oído hablar de otros parques en Fom, aunque nunca había estado en ninguno de ellos, y no sabía dónde estaban. Hasta donde él conocía, este era el único lugar donde podía tumbarse en la hierba.

Si el Ojo estaba fuera esa noche, estaba demasiado cubierto de nubes como para arrojar su luz polarizada sobre las cúpulas. La luz provenía de las lámparas incandescentes que cubrían los amplios bulevares que conducían desde los arcos de las Torres hasta la ciudad. El gruñido indistinto de Fom se elevó detrás de él sobre el golpeteo de la lluvia, mientras que frente a él los barcos en el puerto resoplaron y crujieron por la marea saliente, ocultos a la vista por los acantilados de piedra caliza sobre los que se alzaban las torres.

La hierba embarrada estaba fría y resbaladiza bajo su espalda. La llovizna le hizo cosquillas en la cara, mientras que una gota de lluvia ocasional le abofeteaba. Olía la lluvia y la hierba, las algas de la bahía y el océano más allá, el humo de los barcos de vapor. Estaba condenado, y quería sentir algo verde y creciendo una vez más.

Era un viejo tonto por no haberlo visto antes. No, pensó. Tonto no. Solo borracho. El Hierofante no había ido a Lip. Alguien lo había dejado allí. Podrían haber tomado su estaño, y su maldito cinturón. Pero no lo hicieron. Lo dejaron para poder identificar como un asesino a quien saqueara su cadáver.

No lo mataron por su dinero, entonces ¿por qué? Ranat solo pudo pensar en una respuesta. Era Hierofante, y alguien estaba cansado de su "ayuda".

Ranat fue condenado. No hubo lucha contra la Iglesia. No tenía pruebas, y no era nadie. Más bajo que un don nadie. Era un maldito ladrón de tumbas. Ni siquiera había estado en los Libros del Cielo antes de haber sido eliminado de ellos. No había nada-

Su tren de pensamiento se detuvo. Había algo más. Trier N'navum había muerto con una nota escondida en un bolsillo que sus asesinos no deben haber sabido. Ranat lo había olvidado con todo lo que había sucedido. Y el flujo interminable de alcohol por su garganta tampoco había ayudado.

Se puso en pie de un salto y volvió la cara hacia la lluvia, y dejó que le enjuagara el barro de la espalda y las manos. Luego se enderezó y regresó a la ciudad.

CAPÍTULO SIETE

"Nunca oí hablar del Marqués del Cuervo". Gessa hizo una pausa, mirándolo, curiosa. "¿Estás seguro de que estás bien?" preguntó ella

Ranat regresó a su sótano y sacó la nota que había sacado del Hierofante. Luego se arriesgó a sumergir la cabeza en el bar sin nombre, donde literalmente se encontró con Gessa. Sin embargo, su evidente alegría al verlo de nuevo se estaba desvaneciendo en una exhaustiva frustración.

"Sí", respondió la pregunta por tercera vez. "Incluso podría resolver todo esto si alguna vez puedo encontrar este lugar. ¿Qué hay de ti? ¿Estás bien?"

Ella se encogió de hombros. "Supongo. Estaba preocupada. Desapareciste y todos hablaban. Entonces esos dos tipos vinieron..."

"Sí, eso dijiste. ¿Pero entonces no te hicieron daño?"

"No. Simplemente hacían preguntas y actuaban como si ya supieran las respuestas. No sobre ti, sobre todo. Solo si te había visto. La mayor parte fue sobre el vendedor ambulante que te presenté. Les dije lo que sabía, que no era mucho. Preguntaron dónde vivías. Mentí y dije que no lo sabía. Luego se fueron.

"¿Qué dijiste sobre mí?"

"Nada. Solo que no sabía a dónde habías ido. No lo sabía, Nadie sabía. Después de escuchar que un funcionario había sido asesinado, pensamos que la Iglesia te había arrestado por eso, hasta que comenzaron a preguntar por ti".

"¿No los has visto por aquí últimamente?"

¿Te refieres a los tipos que andan haciendo preguntas? No. No en la última semanas. Y nadie más de la Iglesia tampoco. Causaron mucho revuelo cuando comenzaron a pasear por el vecindario. Me habría enterado si alguien los hubiera vuelto a ver.

"Ok. Bien." Ranat se deslizó de su taburete. "¿Tienes de estos?" Él señaló con la cabeza hacia los vasos vacíos sobre la mesa.

"Te dije que sí". Ella frunció el ceño y se paró a su lado. "Espera un minuto, ¿eso es todo? Te apareces, me obligas a comprarte unas bebidas, ¿y luego te vas otra vez?

"Él se detuvo y la miró. Nunca se le ocurrió que a ella realmente le importaría. "Gessa, mira". Él habló y se detuvo.

Ella no dijo nada, pero dio un paso más cerca.

"Gessa", el comenzó a hablar de nuevo. "No sé cómo van a terminar las cosas, pero... fue... bueno... quiero decir estar contigo. Fue realmente bueno. Deseo... quiero decir, que si las cosas funcionan, te buscaré, o lo que sea. Hasta entonces, todos me siguen buscando... incluso aquí. Esto... probablemente no es bueno. Para ti, quiero decir. Entonces, me tengo que ir. Lo siento mucho."

Antes de que él pudiera darse la vuelta, ella le tomó la mano, se inclinó y lo besó. "Yo también lo siento", dijo. "Pero espero que realmente puedas resolverlo". Ella trató de sonreírle, pero el labio tembloroso la delató.

"Sí", suspiró Ranat. "Si. Yo también."

———

"¿Qué quieres decir con que no puedo entrar?"

El hombre parado en la puerta del Marqués del Cuervo era lo

suficientemente ancho como para llenar el marco. Se acarició el largo bigote negro mientras hablaba. "Como he dicho, este establecimiento es un club privado. Solo miembros."

"Bien", se quejó Ranat. "Tú ganas. Quiero ser miembro"

.El hombre miró a Ranat de arriba abajo y ajustó el pañuelo azul profundo atado alrededor de su cuello.

"Si. Bien. El marqués está actualmente... lleno.

Ranat volteo sus ojos y los puso en blanco. "Está bien."

El Marqués del Cuervo en un amplio laberinto de calles que giraban entre las arenas y la Colina de la Catedral. Alguna vez fue una finca privada, y se encontraba detrás de un muro alto que ocultaba un jardín de flores, bancos de madera y una pequeña fuente reflectante. Ranat había recurrido a preguntarles a todos si habían oído hablar sobre este lugar incluso entonces, no había tenido éxito hasta que regresó al vendedor ambulante que había conocido a través de Gessa y le preguntó.

Muy prestigioso, había dicho el vendedor ambulante. No era miembro, pero a menudo pensaba en convertirse en uno.

Si alguna vez decidiera, Ranat apostaría a que no estarían "llenos".

Salió por el pequeño sendero del jardín hacia las losas de la calle. La puerta de bronce se cerró detrás de él, aunque no había visto a nadie cerca. Tal vez el portero lo tenía unido a una cuerda que podía halar.

Miró por el camino. Era poco más de mediodía y el camino estaba ocupado pero no estaba lleno. Los charcos se agruparon a lo largo de las líneas entre las losas, pero las nubes se habían levantado nuevamente, y se formaron unas pocas manchas de color azul pálido que se desvanecieron detrás de las altas nubes sopladas por el viento.

La cuadra se extendía mucho en cualquier dirección. El Marqués del Cuervo estaba metido en medio de un grupo de edificios similares. Por lo poco que podía ver sobre los altos muros, parecían casas, pero también El Marqués. Se preguntó cuántos de ellos eran clubes o burdeles, o en cualquier otro lugar donde los ricos pasaban el tiempo.

Dio la vuelta, giró a la izquierda desde El Marqués, luego giro a la izquierda nuevamente al primer cruce de calle, luego a la izquierda por tercera vez, con la esperanza de encontrar algún tipo de entrada trasera olvidada. Nada. El callejón contenía una larga fila de puertas de vagones, todas cerradas con barras transversales desde el otro lado, y de todos modos no podía estar seguro de cuál era la que le pertenecía al Marqués. Las paredes entre las casas eran de todo menos rectas, por lo que podría ser más complicado que contar puertas. Eso suponía que podría abrir la puerta desde el exterior. El no podría escalar la pared.

Ranat escupió sobre las losas. Nada fue fácil nunca.

———

Encontró al vendedor ambulante más tarde esa noche, cerrando las pesadas puertas de roble al frente de su tienda. El hombre saltó cuando vio a Ranat, casi dejando caer su anillo de llaves de cobre.

"Oh. Hola. Es bueno verte de nuevo ", dijo el vendedor ambulante, sonando como si no lo dijera en serio.

"No es necesario que finjas estar feliz de verme", dijo Ranat, retrocediendo para darle al vendedor ambulante suficiente espacio para cerrar las puertas.

"Pero necesito un favor".

El vendedor ambulante gruñó ante la cerradura de bronce, con la que parecía estar teniendo problemas, y movió la llave hasta que sonó un suave clic. Luego se giró, su expresión era agria.

"Si. Un favor. Seguro." Él sonrió mientras empujaba a Ranat hacia la calle.

"Oye." Ranat agarró el brazo del hombre. ¿Recuerdas cómo me delataste?

¿Qué tan "arrepentido" estabas cuando pensaste que vendría para vengarme? cierto. ¿Y recuerdas que no hubo venganza? Acabo de hacer un par de preguntas. Ahora me debes una.

"Me golpeaste", se quejó el vendedor ambulante, con voz débil.

"Sí, y estoy tentado de hacerlo de nuevo. Mira, no pido mucho. Al menos, escúchame. No quiero que hagas nada que no quieras hacer, ¿de acuerdo? "

"¿Cómo qué?" El vendedor ambulante juntó lo que quedaba de su dignidad y miró a Ranat a los ojos.

"Conviértete en miembro del Marqués de El Cuervo".

"¿Qué? ¿Por qué?"

"Porque quiero que me lleves allí como tu sirviente. O conductor de carro, o lo que sea. Quiero entrar y echar un vistazo. Eso es todo. Entonces tendré una última oportunidad para salvar mi trasero, y puedes ser miembro de un prestigioso club".

El vendedor ambulante resopló. "Sí, hasta que me echen por lo que sea que vayas hacer".

Ranat sacudió la cabeza. "No es así. No haré nada para avergonzarte. Si me llevas allí, no volverás a verme. Si me atrapan haciendo algo, puedes denunciarme frente a todos y dejarme a mi suerte. ¿Está bien? Méteme y el resto es mi problema.

El vendedor ambulante lo pensó por un rato. "¿Y qué obtengo de eso?"

Ranat se encogió de hombros. "Puedes ser miembro de uno de los clubes privados más exclusivos de Fom".

El vendedor ambulante resopló de nuevo. "Podría hacer eso, de todos modos".

"Lo suficientemente justo. Entonces te prometo que si haces esto por mí, nunca volverás a verme. Nunca. Y si no lo haces, vendré aquí y me quedaré en tu tienda todo el día. Todos los días. Hasta que cambies de opinión".

"Podría hacerte arrestar y arrastrar".

Ranat se encogió de hombros otra vez. "Podrías hacer eso ahora".

El vendedor ambulante se paró frente a las pesadas puertas de listones de su tienda, mirando a Ranat, que esperaba que el vendedor ambulante no hiciera caso de su última fanfarronada.

Finalmente, el comerciante suspiró. "Nunca quiero verte después de esto. Esto está hecho, y estamos a mano. Puedes vender tu basura a otra persona".

Ranat frunció los labios y asintió. "No creo que eso sea un problema".

"Dame algo de tiempo. Hay un proceso de solicitud. Ni siquiera sé lo que implica. Vuelve aquí en una semana o diez días. Si no lo tengo para entonces, al menos podré decirte cuándo lo haré. Ojalá."

"Bien entonces." Ranat soltó el brazo del hombre. "Gracias por esto. Oh, otra cosa más.

El vendedor ambulante se giró desde donde había empezado calle abajo. "¿Qué?"

"Hay un tipo que trabaja allí. Portero o gorila o algo así. Un tipo grande con un gran bigote negro.

"¿Y?"

"Bueno, estoy bastante seguro de que me reconocerá si me vuelve a ver. Cada vez que vayamos, probablemente no debería estar trabajando".

"¿Cómo diablos debería saber cuándo está trabajando?"

"No lo sé. Solo pensé que sería mejor si lo supieras de antemano". El vendedor ambulante volteo sus ojos. "Está bien. ¿Algo más?"

"Um, sí".

"¿Qué?" La voz del vendedor se hizo cada vez más aguda.

"¿Conozco tu nombre?"

Hizo una pausa y pensó un segundo. "No", respondió, luego se dio la vuelta y caminó por la calle. La lluvia comenzó a sonar en los adoquines.

Ranat sonrió un poco a la espalda del hombre. "Sí", dijo demasiado suave para que el vendedor ambulante lo oyera. "Lo suficientemente justo. Bueno."

CAPÍTULO OCHO

Ranat regresó al lugar del vendedor ambulante una vez a la semana durante tres semanas hasta que tuvo noticias del Marqués del Cuervo. Hubo múltiples pruebas y cinco entrevistas. Al final, le dieron al comerciante una membresía provisional, un hecho que lo puso aún más nervioso sobre el plan de Ranat, tal como era.

Aunque insistió en que lo había hecho solo por su propio interés, también había descubierto algunas cosas que pensaba que Ranat podría encontrar útiles.

Por un lado, el hombre grande con bigote se llamaba Lont y era de hecho, el jefe de seguridad. Él mantenia horarios regulares y solo estaba allí por las tardes para emergencias y eventos formales.

El vendedor ambulante también había aprendido que a los sirvientes y demás no se les permitía pasar por el vestíbulo, pero que siempre había unos pocos jugando a las cartas, esperando a sus amos o, si sabían que sería una larga noche, bebiendo en los cobertizos de camellos. Detrás de la casa.

Ambas posibilidades sonaban bien con Ranat.

El vendedor ambulante, desesperado por no perder su lugar tan difícilmente ganado en el Marqués del Cuervo, insistió en que Ranat tomara ropa de su tienda que ayudaría al anciano a parecer un sirviente. No había nada que hacer con sus dientes perdidos, pero Ranat prometió que solo abriría la boca para beber, por lo que el vendedor ambulante consintió que un cambio de ropa podría ser suficiente.

El portero esa noche los saludó con una apariencia de respeto que rayaba en el desprecio de burla, pero el vendedor ambulante lo tomó con cordialidad y dejó a Ranat para vagar por el vestíbulo y los terrenos con una última mirada de advertencia.

El vestíbulo era un óvalo largo, treinta pasos a lo largo y diez o quince entre la puerta principal y el mostrador de recepción. Las ventanas corrían al frente de la habitación, cubiertas por pesadas cortinas rosas y rojas. La pared posterior estaba pintada con un patrón recurrente rojo y negro de cuervos angulares y entrelazados. Mesas bajas y pulidas se colocaban a la izquierda y a la derecha del mostrador de recepción, rodeadas de almohadas con borlas tapizadas en tela dorada y bordadas con el mismo patrón de cuervo. La mesa de la izquierda estaba vacía. A la derecha, dos hombres de aspecto aburrido con trajes de sirvientes se sentaban a jugar a las cartas.

La mujer del mostrador de recepción lo miró a través de sus gruesas pestañas sin levantar la vista de su libro de contabilidad. Ranat se acercó. Frente a ella, en el amplio escritorio, estaba el libro de registro de miembros, abierto a la página más reciente.

Ranat notó el nombre del vendedor ambulante con una pequeña sonrisa y comenzó a mover el pulgar hacia atrás.

"Disculpe", dijo la mujer, aun mirándolo a través de sus pestañas.

"Oh, lo siento", murmuró Ranat. "Solo estoy buscando nombres famosos".

Ella le hizo una mirada de desdén y volvió a su trabajo.

Ranat desafió hojeando algunas páginas más hasta que la mujer giró la cabeza para mirarlo directamente.

"*Disculpe*", dijo ella, las palabras esta vez enunciadas y chorreando desprecio.

"Lo siento. Lo siento —dijo Ranat de nuevo, levantando las manos hasta los hombros, con las palmas hacia afuera. "Mi error."

Ella lanzó un pequeño resoplido de burla con un movimiento de cabeza y otra expresión pronunciada girando sus ojos antes de mirar a su libro contable nuevamente.

Ranat hizo un gesto de disculpa inclinando su cabeza y salió.

Un camino de ladrillos corría entre la pared de la casa y la muralla que bordeaba la finca de al lado. Ambos estaban cubiertos de hiedra, y flores y parches de hierba crecían a lo largo del camino, iluminados con lámparas de resplandor con capucha azul que asomaban por las enredaderas. Ranat no había visto tanto verde desde que había dejado los viñedos.

El Marqués del Cuervo era un monstruo en expansión, cuatro pisos de piedra y yeso blanco, que se agregaron a lo largo de los siglos hasta que se perdió todo concepto original de forma. Ranat contó doscientos veintinueve pasos desde el frente de la casa hasta la parte de atrás. Donde terminó la casa, la muralla continuó por otros doscientos pasos, hasta que se detuvo en la alta pared del callejón y un par de puertas de vagones, una de las cuales parecía que no se había abierto en cincuenta años.

El patio trasero estaba bien arreglado. Un enorme roble creció a un lado, sus ramas inferiores rozando la parte superior de la pared que bordeaba la siguiente finca. Enfrente, apoyado contra la pared del callejón, estaba el cobertizo de camellos. Largo y bajo, había sido acomodado por lo que parecían ser trozos aleatorios de madera sin pulir, y alguien había hecho un intento poco entusiasta de mezclarlo con la delicada ingeniosidad del resto del patio pintándolo de verde.

No podía escuchar ninguna voz proveniente del cobertizo, pero había convencido al vendedor ambulante de que le comprara una botella nueva de ron antes de venir al club, citando el mejor interés de todos, y el comerciante era lo suficientemente práctico como para ceder. Ranat no tuvo ningún problema en ir al cobertizo y hacerlo una fiesta.

El edificio estaba oscuro pero desbloqueado, si no hubiera sido por el resoplido de un camello era una indicación, no carente de vida. Ranat abrió la botella y tomó un trago. Estaba demasiado oscuro para ver, pero buscó a tientas dentro de la puerta principal hasta que encontró una linterna de aceite y el pedernal colgando de un gancho al lado.

El camello resopló con irritación ante el repentino destello de luz. Una hilera de establos corría por ambos lados, pero solo dos establos estaban ocupados: el gruñón, una bestia negra peluda de una sola joroba que miró a Ranat por encima de la puerta del establo, y la que estaba al lado, donde había una más pequeña, El animal color arena dormía de pie, ajeno al humor de su vecino. Una dispersión de paja vieja y moldeada estaba esparcida alrededor del piso de tierra. Entre las hileras de establos había una sola carreta de barril para camellos que parecía haber sido construida de la misma manera que el establo, con cualquier material disponible. Incluso tenía el mismo tono de pintura verde que lo cubría, aunque en el vagón, se había desgastado a un ligero toque de madera gris.

Ranat se movió hacia atrás, con cuidado de evitar a ambos camellos por un amplio margen. Por lo que sabía, el que dormía era aún más malo.

Se subió a la carreta y se apoyó contra el costado. Había estado tan desesperado por entrar en El Marqués del Cuervo que no había pensado en lo que haría una vez que llegara aquí. Su plan original había sido ir al bar donde el Hierofante había tomado su último trago y preguntar, y nunca se le ocurrió nada más después de enterarse de que eso no funcionaría. No creía que el vendedor ambulante estuviera demasiado interesado en hacerle preguntas: se gastaron los favores de ese hombre.

Ranat había visto el nombre Trier N'navum en el libro de visitas antes de que la recepcionista lo ahuyentara, pero eso no sirvió de nada. No tenía idea de si el Hierofante había venido aquí con su asesino o separado, o quién había llegado primero.

Había dejado la botella sobre la plataforma de la carreta entre las rodillas, y cuando se agachó para recogerla, vio una mancha oscura, descolorida pero notable, que se extendía en un círculo áspero desde donde estaba sentado. Los bordes estaban borrosos como restregados. Lo que sea que era se había impregnado en el grano de la madera era de color rojo parduzco.

Ranat se enderezó. El camello negro resopló hacia él, mientras que el otro se movió dormido. Salió corriendo del cobertizo, recordando en el último momento apagar la lámpara para no incendiar el edificio, incluidos los camellos y la carreta.

Trotó hacia la pared del fondo del Marqués del Cuervo. La puerta de la cocina estaba abierta para dejar salir el calor de las cocinas. Dos mujeres se pararon en la puerta, probando el aire fresco y pasando de un lado a otro un palo enrollado de pétalos de magarisi, exhalando el dulce humo de sus narices.

Ranat redujo la velocidad a caminar cuando las vio y se acercó. Asintieron en saludo.

"¿No hay fiesta en el cobertizo de camellos esta noche?" preguntó una mujer joven con el elegante traje de camarero.

Ranat sonrió. "Realmente no. Solo yo." Les tendió la botella. La que había hablado sacudió la cabeza, pero su compañera, mayor y vestida con una chaqueta de cocinero manchada, se encogió de hombros, tomó un trago y se la devolvió con un gesto de agradecimiento.

"¿Esa vieja carreta de barril ya tuvo mucha acción?" Ranat sondeó, tono casual.

"Me gana", dijo la cocinera. "Estoy en la parte de atrás. Nunca veo el bar. ¿Cid? ¿Con qué frecuencia necesitas enviar a Birk para que te recoja?

Cid se encogió de hombros con una sonrisa triste. "Tres, tal vez cuatro veces a la semana, casi. Tal vez menos. Depende. Mierda, hace unas semanas, casi no salimos".

"¿Eso por qué?" Ranat fingió un interés ocioso.

"Un funcionario de la Iglesia. Llegó una tarde, confiscó la carreta. "Temporalmente", dijo. La misma terminó desapareciendo bastante bien casi toda la noche.

"¿Recoges tus barriles por la noche?"

"¡Ja! ¿Qué, eres nuevo en la ciudad? Si quieres conducir una carreta por Fom durante el día, sé mi maldito invitado.

"Ah sí. Supongo —dijo Ranat. "Pero he visto muchos vagones durante el día".

Cid se burló como si la idea fuera absurda. "Sí, y no iban a ninguna parte rápido, apuesto".

"Sí", asintió Ranat. "Lo justo suficientemente." Hizo una pausa y ofreció una rápida sonrisa. "¿Entonces la Iglesia puede entrar y llevarse tu carreta? Nunca había oído hablar de eso antes.

Cid dio el último jalón al palo de magarisi y clavó la colilla humeante en el barro junto a la puerta. "Si tienen el papeleo correcto, pueden hacerlo. Tampoco he oído hablar de eso, pero él viene-si todas las personas adecuadas firman en todos los lugares correctos, supongo que pueden hacer casi todo lo que quieran. Le dije que lo necesitábamos para recoger unas cargas. Simplemente fue directo al jefe y le mostro el papel con un gesto de la mano. Diez minutos después, mi vagón de barril estaba saliendo por la puerta trasera.

"Entonces, ¿para qué necesitaban la carreta?" Ranat preguntó, indiferente.

Cid se encogió de hombros. "No lo sé. No estaba en el formulario".

Ranat sacudió la cabeza con incredulidad. "Nunca había oído hablar de eso antes", dijo de nuevo. "¿Todavía lo tienes?"

"¿Qué? ¿El formulario de solicitud?

"Si."

"En algún lugar, sí". Ella le dio a Ranat una mirada incrédula. "¿Por qué? ¿Quieres verlo?"

"Claro, si no hay problema".

"¿Por qué?"

Era su turno de encogerse de hombros. "No lo sé. Me parece una mierda así de interesante. No solo que la Iglesia puede hacer cosas así, demonios, sé que pueden hacer lo que quieran, sino el hecho de que tendrían que hacerlo. Parece que deberían tener sus propios vagones de barril si sabes a qué me refiero.

Ella asintió. "Sí, fue bastante raro. Por supuesto. Déjame ver si puedo encontrarlo. Espera aquí."

La mujer más joven, que había estado escuchando la conversación en silencio, se estiró. "Entraré contigo, Cid. Tengo que volver al trabajo." Dio un pequeño saludo a Ranat. "Un placer conocerte."

Ambos desaparecieron en la parte trasera del Marqués del Cuervo, dejando la puerta abierta.

Ranat esperaba en la oscuridad del patio trasero, con el corazón palpitante.

CAPÍTULO NUEVE

Ranat hojeó los libros y papeles apilados alrededor de su casa, buscando piezas del sello de cera negra.

Estúpido por haber sido tan descuidado, pensó. Había leído la nota tantas veces que había memorizado el último mensaje escrito a Trier N'navum, pero hasta ahora había ignorado los fragmentos del sello que lo mantenían cerrado, y cada vez que lo leía. , unas pocas piezas más se derrumbaron en su caótico piso.

Ahí, eso fue... no, solo otro fragmento de carbón. No sabía de dónde había venido todo el carbón, nunca lo había notado hasta ahora, cuando estaba tratando de encontrar algo pequeño y negro. Nunca había considerado lo asquerosa que era su casa; Nunca me importó lo suficiente como para darme cuenta.

Allí. Ranat encontró el más grande de los fragmentos de cera que se habían soltado, enterrado bajo un lote de facturas de envío de madera descoloridas. Despejó un lugar en el suelo, se agachó y juntó el rompecabezas. No quedaba la mitad de la gota original, pero no había estado allí para empezar. Pasó otro par de minutos revolviendo pero aceptó que no encontraría más entre la suciedad y el desorden. La mayor parte del árbol moldeado sobre el sello estaba intacto, junto con un asta solitaria que se ramificaba de los restos de la cabeza de algún animal. La mayor parte de la luna creciente que había estado colgando sobre la escena había desaparecido. Solo una fina astilla de su borde inferior. Esperaba que fuera suficiente.

Dobló la página superior de la factura amarillenta de la madera y recogió las astillas de cera. Luego lo dobló nuevamente, formando un sobre, y lo metió todo en su bolsa de monedas vacía.

Ranat se levantó y tomó un trago de la botella de ron casi vacía. Tenía un par de días antes del próximo día público de La Biblioteca, y no había mucho que hacer hasta entonces.

Bueno no. Había una cosa que podía hacer. Ranat terminó de vaciar la botella y la miró, preguntándose si tendría la oportunidad de conseguir otra.

No importa, pensó. Subió las escaleras bajo la lluvia, buscando a Gessa.

———

"¿Ese es tu plan?" Gessa parecía disgustada.

Se sentaron en una cabina en el bar sin nombre, inclinándose cerca de la mesa, pero aún necesitaban gritarse el uno al otro debido al estruendo de las voces que iban y venían por la habitación. Ranat se preguntó qué estaba pasando. Nunca había visto el lugar tan lleno de gente antes, y parecía que la mayoría de la gente se conocía.

Esperó a hablar mientras un hombre que estaba cerca de ellos soltó una carcajada y cayó en medio sobre su mesa, casi derramando la bebida de Gessa tambaleándose y enderezándose.

"Es el..." Una mujer joven gritó sonó como dolor, pero parecía gustarle. "¿Quieres salir de aquí?" le gritó a través de la mesa a Gessa.

Ella asintió. La siguió, llevándose la botella con él.

"Es lo mejor que se me ocurre", finalizó cuando salieron.

Se detuvieron justo afuera de la puerta baja. Gritos y gritos de jerga pasaron a la deriva.

"Es una idea terrible, Ranat". Su voz era baja, ronca, después de gritar a través de la cacofonía del bar.

Él se encogió de hombros. "Tal vez sea así."

"Deberías haber dejado la ciudad, cuando todos pensábamos que ya te habías ido".

Él se encogió de hombros otra vez, no dijo nada.

"No es demasiado tarde. Todavía podrías estar fuera de Fom al amanecer.

Otro encogimiento de hombros.

Gessa suspiró. "No vas a hacerlo, ¿verdad?"

"¿Cuál sería el punto?" preguntó con voz tranquila. "¿Vivir mis últimos días aún más solo que ahora? Mientras estoy aquí, donde he pasado toda mi vida, ¿mi nombre está marcado en la historia por un crimen que no es mío?"

"¿Eso importa? Sé que no mataste a nadie, Ranat".

"Eso no importa", dijo, luego hizo una mueca ante sus propias palabras y tomó las manos de ella entre las suyas cuando vio cómo sus palabras la habían apuñalado. "Quiero decir", corrigió, "si me importa, claro, pero ¿qué sucede cuando uno desaparezca? Dentro de cien años, Ranat Totz será un asesino para cualquiera que se moleste en mirar.

"Todavía no entiendo", ella murmuró, sin mirarlo.

"Eres joven", el suspiró.

"No soy tan joven".

"Comparado conmigo, lo eres. Hagas lo que haga ahora, Gessa, solo me quedan unos años. El nombre que dejo detrás, cualquier carga adjunta que lo acompañe, es todo lo que soy".

"¡Maldición!" Ella soltó un sollozo, se limpió los ojos con el dorso de las manos y lo miró. "Todavía no veo por qué te importa".

Ranat solo pudo encogerse de hombros otra vez. "Vamos", la persuadió. "Todavía es temprano, esta botella está casi llena. Todavía no voy a ninguna parte. ¿De vuelta a mi casa?

Gessa sacudió la cabeza y se apartó un poco de él. "No. Muy desordenada. Vamos a la mía".

———

El hombre que solicitó el nombre de la carreta de barril era Alonus N'tasal, al menos según el papeleo que la mujer del bar del Marqués del Cuervo le había mostrado. Cualquier posición que N'tasal tuviera en la Iglesia no fue escrita en el formulario. Ranat esperaba que un nombre fuera suficiente.

Se sintió tan cerca. Tan cerca de la redención, pero tan lejos. Solo necesitaba conectar el sello de la carta del Hierofante muerto con ese nombre, y podría probar que fue N'tasal quien asesinó a Trier N'navum, o al menos alguien que trabajó para él.

El problema era que había estado en La Biblioteca desde que las puertas se habían abierto al público esa mañana, y no podía encontrar el nombre de Alonus N'tasal en ningún lado. Había comenzado con las bóvedas superiores y descendió hasta los niveles medios, pero no figuraba en ninguno de los índices.

En algún lugar fuera de la Biblioteca del Cielo y la niebla que lo cubría, el sol se estaba hundiendo en el océano y Ranat se estaba quedando sin tiempo.

No importaba. Había llegado al piso inferior, dieciséis bóvedas que había verificado hasta ahora. Quedaban dos habitaciones masivas. El Cielo de Piedra atesoraba a aquellos que solo podían pagar el mínimo en impuestos de salvación, y a aquellos que habían podido pagar más, pero se retrasaron crónicamente en sus pagos. El que está enfrente, el segundo más bajo de los Dieciocho Cielos, el Cielo de Madera, tenía a funcionarios menores y a los niños del templo que habían sido arrancados de la calle, y a los pobres que habían mostrado un servicio ejemplar a la Iglesia, o al menos reunidos lo suficiente a lo largo de los años para permitirse un nivel más alto que Piedra. Abajo yacía el Vacío, la tumba que contenía los nombres de delincuentes menores y aquellos que nunca habían pagado. Donde había estado el nombre de Ranat hasta su condena, pero ningún funcionario de la iglesia estaría allí.

Y quien haya sido N'tasal, tampoco había sido pobre ni un funcionario menor. Tal vez había usado un seudónimo en el formulario. Ranat supuso que eso habría sido lo más inteligente.

Necesitaba hacer cola solo para ver el índice del Cielo de Madera, que en sí era siete volúmenes de pequeños nombres impresos. El hizo una mueca. Sin duda, la mitad de ellos comenzaban con la letra N.

La campanilla de advertencia de media hora hizo eco a través de la Bóveda del Bosque en el mismo momento en que Ranat encontró el nombre en el enorme libro. La página aún no se había reimpreso, y el nombre de N'tasal se había apretado en el margen, la tinta era más oscura y más nueva que los nombres descoloridos a su alrededor.

Ranat se apresuró a la sección de la bóveda donde N'tasal había entrado. Las ventanas aquí eran de cristal transparente, pero por lo demás sin revestimiento, las paredes de mármol pintadas de gris por la luz cada vez más profunda. Los estantes eran de madera pulida y sin adornos.

Encontró el libro en el segundo estante y lo sacó. El nombre N'tasal fue fácil de encontrar. Todos los demás nombres estaban simplemente enumerados, pero el nombre de N'tasal estaba estampado con su distintivo- un caballo parado debajo de un árbol sin hojas, sobre el cual colgaba una luna creciente marcada con una nota al pié. N'tasal había sido enviado de Las Flores a La Madera después de una "reestructuración de un Hierofante debido a un comportamiento impropio".

Ranat se preguntó qué implicaba la reestructuración. No podía desentrañar una suposición, pero esa restructuración no sonaba bien ya que el resultado fue que N'tasal se hundiera a catorce niveles del Cielo.

Sonó la campana final. Ranat cerró el libro y lo volvió a colocar en el estante antes de arrastrar sus pies por las puertas altas de La Biblioteca junto con los demás ciudadanos comunes, acunando la bolsa con los fragmentos de cera debajo de su abrigo.

Su mente se aceleró. N'tasal organizó la reunión con Trier N'navum y solicitó la carreta con la que había arrojado el cuerpo del

Hierofante, que todavía tenía las manchas de sangre para probarlo. La vida futura de N'tasal también se había desplomado desde el tercer cielo hasta el decimoséptimo a través de las acciones de un Hierofante sin nombre, de los cuales solo había cinco. Hasta donde Ranat sabía, solo uno había estado en Fom.

Parecía tan obvio que quería estallar en lágrimas, pero no sabía si sería suficiente para que nadie como Ranat convenciera a alguien en la Iglesia.

CAPÍTULO DIEZ

Había oído hablar de una antigua ley cuando era niño, que decía que si el acusador era miembro de la jerarquía de la Iglesia, uno podría exigir que se enfrentara a ellos. Los campesinos y los extranjeros no tenían esa responsabilidad adicional, pero era justo que el clero tuviera un nivel más alto.

No podía recordar dónde lo había escuchado. Charla de viñedo. Siervos contratados que discuten todas las formas en que sus vidas fueron mejores que sus amos porque al menos los campesinos no tenían que soportar el peso de la responsabilidad. Ranat siempre lo había visto como aceptar su suerte.

Tampoco sabía si era una ley real o simplemente un rumor basado en un mal entendido, medio escuchado, que realmente existía. Charla que se había extendido como fuego a través de los dormitorios del sirviente porque algún campesino quería sonar como si supiera de lo que estaba hablando. Siempre había asumido que la mayor parte de lo que había aprendido de niño de los otros sirvientes contratados era lo último.

Bueno, estaba a punto de descubrirlo.

Había pensado en despedirse de Gessa por última vez, pero

decidió no hacerlo. Ya había tenido suficiente de las últimas veces y las últimas despedidas. De todos modos, tenía la sensación de que solo se lo pondría más difícil. Más duro para los dos.

Se dirigió hacia la policía local para entregarse, pero también decidió no hacerlo. Sería demasiado fácil para ellos arrastrarlo y olvidarse de él, y el viejo maletín engrasado de papeles y fragmentos de cera que agarró con ambas manos.

Lloviznaba mientras subía por el sinuoso camino que conducía a la cima de Colina de la Catedral. La biblioteca no estaba abierta a las masas hoy, por lo que el tráfico peatonal era ligero. Unos pocos miembros de la guardia del Paseo de Gracia marcharon hacia y desde sus puestos, y una corriente constante y sin prisas de carruajes se agrupó, las ventanas bloqueadas por las cortinas, de los camellos goteaba la lluvia en riachuelos por sus pelos enmarañados. Los guardias miraron a Ranat cuando lo notaron, pero nada más.

El Salón de los Sabios desgarraba el cielo con sus largos y delgados brazos de minaretes de mármol blanco. Debajo de ellos, burbujeaban cúpulas de bronce, sostenidas por pilares pulidos de mármol veteado y granito.

Ranat dudó diez pasos frente a las viejas y gastadas escaleras. Las puertas estaban moldeadas de hierro, de treinta manos de altura y abiertas, listas para tragárselo. La Guardia del Paseo de Gracia estaba parada a cada lado, mirando, acariciando los mangos de sus largos y curvos cuchillos de cerámica.

Se acercó a las puertas y se detuvo frente a los dos guardias.

Continuaron mirando, pero no dijeron nada.

Ranat se aclaró la garganta. Había tomado una decisión consciente de dejar su última botella de ron en casa; ya estaba casi vacía, de todos modos. Ahora, sin embargo, su garganta estaba seca, y deseó haberla traído. Ahora que estaba aquí, no parecía que tener una botella con él hiciera una gran diferencia.

"Yo estoy", dijo, tratando de mantener su voz firme, "condenado por asesinar al Hierofante, Trier N'navum".

Solo tomó un momento para hundirse, pero cuando lo hizo, los ojos de ambos guardias se abrieron de par en par. El de la derecha extendió la mano y agarró a Ranat por el brazo como si el viejo decidiera darse la vuelta y huir. Ranat no se resistió.

"Él debe estar en el pozo", dijo el que lo había agarrado.

"¿Qué, vas a dejar tu puesto y llevarlo allí tú mismo?"

"Bueno no. Bien entonces." Se giró hacia su compañero. "Espera aquí con él mientras informo esto".

El otro frunció el ceño. "*Espera aquí*".

Cuatro guardias más se acercaron desde el otro lado del complejo, donde habían estado caminando cuando vieron que algo sucedía frente al Salón.

"Señor", dijo el primer guardia al líder de los recién llegados, una mujer severa de mediana edad que llevaba un emblema de sol de ocho puntas en el cuello de su bata blanca. "Capturamos al asesino del Hierofante, señor".

La oficial era delgada y de aspecto cansado. Su capucha estaba baja, su cabello negro y delgado raído por canas y aplastado por la lluvia. Su nariz estrecha y roma nariz goteaba. "¿Atrapado? Parece que se entregó". Ella miró a Ranat, desconfiada.

"Bueno, independientemente, lo tenemos aquí. Solicito un reemplazo para que pueda llevarlo personalmente al pozo, señor.

"Exijo enfrentar a mi acusador", dijo Ranat, callado pero firme.

"¿Qué?" El oficial se volvió hacia Ranat.

El primer guardia, todavía aferrado al brazo de Ranat, soltó una risa cruel. "¿Demanda? Tu un asesino pedazo de... Se desvaneció bajo la mirada con ceño de su oficial.

"Exijo enfrentar a mi acusador", dijo Ranat nuevamente, más fuerte. "Como es mi derecho, si mi acusador es miembro de la Jerarquía".

El guardia agarró su brazo con más fuerza y lo sacudió. "¿Qué? ¿Crees que eres un abogado? Tu-"

"No", interrumpió el oficial. "No importa quién cree que es. Él tiene razón."

"Pero señor, nadie en realidad..."

"El hecho de que nadie reclame el derecho del acusado no significa que el derecho no exista".

"Um. Sí señor." El guardia pareció concluir que no estaba en una posición ganadora.

Aprende a elegir tus batallas, Ranat quería decirle, pero mantuvo la boca cerrada.

"Lleva a este hombre a una de las salas de entrevistas debajo del Salón. Aliméntalo si tiene hambre. Iré a ver si puedo averiguar quién presenta los cargos. Si no es uno de la Jerarquía, puedes llevarlo al Pozo".

"Sí señor. Um. ¿Eso significa que alguien está ocupando mi puesto?

Ella gruñó e hizo un gesto a uno de los escuadrones que esperaban. "Ovin, toma la posición de este hombre hasta que regrese".

———

Una oleada de miedo se apoderó de Ranat cuando escuchó las palabras "sala de entrevistas" y "debajo del palacio" en la misma oración, pero ningún dispositivo de tortura lo esperaba. Solo una pequeña habitación rectangular con ventanas altas con barrotes de hierro, una mesa estrecha y diez sillas con cojines delgados a su alrededor, cuatro a cada lado y una en cada extremo. El piso era de baldosas blancas simples, las paredes de granito pulido, sin adornos, excepto por las lámparas de resplandor encapuchadas que colgaban en cada esquina.

Le trajeron comida: pan negro, caldo aceitoso y un trocito de queso pálido y sin sabor. Pidió algo de beber, pero solo trajeron agua.

Lo dejaron solo, pero sabía que la puerta estaba cerrada y que al menos habría un guardia afuera. Probablemente dos.

Después de lo que pareció mucho tiempo, la puerta se abrió. Ranat se puso de pie, con el corazón acelerado, pero fue una mujer diferente quien entró, con dos hombres armados a cuestas. Ella podría haber sido tan vieja como él, pero envejecida con infinita más gracia. Su rostro aún estaba liso, su cabello castaño rojizo salpicado con plata, colgando en ondas justo más allá de sus hombros. Llevaba túnicas rojas y blancas que susurraban mientras rozaban el suelo: las túnicas de un magistrado.

Él dudó. "¿N'tasal?"

La mujer sonrió y arqueó las cejas mientras se sentaba al final de la mesa. Los guardias se pararon detrás de ella, con los ojos fijos en Ranat, que se había sentado en la silla en el extremo opuesto.

"No." Su voz era más profunda de lo que Ranat había esperado. "Pero me parece interesante que sepas el nombre del hombre que presentó el cargo de asesinato en tu contra".

Él se encogió de hombros hacia ella. Parecía divertida por la impropiedad pero esperó a que él hablara.

"Sé mi derecho. Quiero ver a mi acusador.

Ella sonrió. "Y quiero saber cómo un mendigo de Lip, que nunca ha pagado sus impuestos de salvación, llegó a saber tanto sobre la oscura ley de la Iglesia". Pero a menudo no obtenemos lo que queremos, ¿verdad? En cualquier caso ", continuó, interrumpiendo a Ranat, que estaba a punto de objetar," se le otorgará su derecho. A tiempo. Sin embargo, puede ayudar a su causa si conocemos el motivo de su demanda".

"¿Eres la Gracia?" Ranat cambió de tema de repente.

La risa de la mujer fue genuina. Un estruendo femenino llenó la habitación. "No, eso no soy. Solo un magistrado, aquí para observar el desarrollo de las Leyes del Cielo".

Ranat asintió con la cabeza. "Si mi acusador es Alonus N'tasal, esa es una prueba más de que él es el asesino. O, al menos, el orquestador del asesinato. Dudo que haya sido él quien apuñaló.

¿Una pieza más de evidencia? ¿Entonces dices que hay más? Porque, debo decir, aunque no le tengo cariño a N'tasal, a quien conozco, su primera evidencia es bastante circunstancial".

Ranat metió la mano en la cartera y sacó la carta y los fragmentos de cera. "Encontré esto en el Hierofante. Queda suficiente sello para que puedas decir que es N'tasal". No lo maté. Yo solo... —Se interrumpió.

La magistrada arqueó una ceja. ¿Acabas de saquear el cuerpo? Ella recogió la carta.

Mientras leía, Ranat continuó. "En el club mencionado en esa carta, el Marqués del Cuervo, N'tasal firmó una solicitud para que sus matones pudieran utilizar su carreta de barril para arrojar el cuerpo cerca del Lip. Envía a alguien a revisar: las manchas de sangre en la parte trasera de la carreta y el papeleo todavía están allí.

La mujer pasó de la carta a examinar los fragmentos de cera y miró hacia arriba.

"¿Es eso así?"

Ranat sintió construir el triunfo. "Es así. Firmó la solicitud él mismo. Todas las fechas se alinean. Parece que N'tasal no se llevaba bien con su jefe".

En ese momento, la puerta se abrió de golpe y otro hombre, gruñendo en voz baja, entró en la habitación. Era corpulento y mayormente calvo. Sus papadas afeitadas brillaban con la lluvia. Detrás de él estaban los dos hombres que arrestaron por primera vez a Ranat, lo que parecía ser hace mucho tiempo, y detrás de ellos, afuera de la puerta, estaba el oficial que ordenó a los guardias que llevaran a Ranat a la sala de entrevistas.

"¿Qué demonios es esto?" escupió el nuevo hombre, todavía flotando en la puerta como si asumiera que esto no tomaría el tiempo suficiente para molestarse en sentarse. "¿Quién demonios es este vagabundo?" Hizo un gesto hacia Ranat con la cabeza.

Una mezcla de reconocimiento y preocupación torció los rostros de los dos hombres detrás de él.

"Este es el hombre al que acusaste de asesinar al Hierofante Trier N'navum, Alonus. Ha planteado algunos puntos interesantes".

"Magistrada Vaylis", N'tasal se volvió hacia la mujer como si la viera por primera vez. "¿Por qué está hablando con este asesino? Ya ha sido condenado. Tíralo a la fosa para que yo pueda volver al trabajo. Mi barco sale mañana. No tengo tiempo para esto". Se dio media vuelta para irse.

"Ha invocado el derecho del acusado".

DENTRO DE UN NOMBRE

N'tasal se burló. "¡Pero ya ha sido condenado!"

"Sabes tan bien como yo, bajo el Derecho, que eso no importa".

"Está bien. Aquí estoy." Dio un paso en la habitación y giró sobre Ranat, con la cara y las orejas enrojecidas. "¿Quieres ver a tu acusador? Aquí estoy." El empujó su dedo regordete a Ranat y se volvió hacia el magistrado. "Allí. Culpable."

"Supongo", dijo Ranat, sorprendiéndose con la calma de su voz, "que esos dos hombres allí", señaló a los dos guardaespaldas que estaban detrás de N'tasal, "serían identificados por el personal del bar en El Cuervo del Marques como los mismos dos que requirieron su carreta de barril la noche en que asesinaron al Hierofante. Hizo una pausa, mirando al magistrado. "Si usted iba a preguntar, eso es".

"¿Qué?" La cabeza de N'tasal estaba tan roja como la nariz de Ranat.

"Qué, de hecho, Alonus", dijo el magistrado, con voz tranquila. "¿Qué ves aquí en la mesa frente a mí?"

"¿De qué estás...?" La voz de N'tasal se apagó cuando, por primera vez, tomó los objetos sobre la mesa. Sus guardaespaldas se movieron detrás de él.

El Clérigo gordo golpeó la mesa con los ojos desorbitados. Su expresión se contorsionó cuando miró primero a Ranat, luego al magistrado. "¡Esto es una broma! Esto no es evidencia. ¡Nada de eso! Esto —cogió la carta y la sacudió sobre la mesa. Unos cuantos pedazos más de cera salieron volando, haciendo pequeños sonidos mientras llovían sobre el piso de baldosas. "¡No significa nada! Todo esto no tiene sentido. ¡No puedes tomar la palabra de este campesino sobre la mía! ¡Ya ha sido condenado! Esto, todo eso no tiene sentido. Se detuvo nuevamente, jadeando.

"Creo", ella observó, "por la forma en que te estás repitiendo, no crees nada pero". Hizo un gesto hacia el pasillo, donde el oficial del frente del palacio todavía se mantenía. "Discúlpeme señor. No sé su nombre".

"Mallin, magistrada". La mujer hizo una pequeña reverencia. "Capitán Mallin".

"Capitán, haga que sus hombres arresten a estos tres. Manténgalos en las celdas hasta que se pueda establecer una prueba.

"Sí, magistrada".

Los dos guardias de N'tasal se habían separado para huir con las palabras del magistrado, pero a juzgar por los ruidos de la pelea en el pasillo, no habían llegado lejos. N'tasal mismo seguía de pie en el mismo lugar, escupiendo indignación.

El magistrado Vaylis se volvió hacia él y suspiró. "Oh, Alonus. Parece que el Cielo de Madera aún no era lo suficientemente bajo para ti.

Con eso, el Capitán Mallin se lo llevó.

La magistrada se volvió hacia Ranat, quien se había sentado viendo el espectáculo desplegarse con no poca diversión.

"Todavía queda el asunto de tu convicción". Con ojos tristeza.

Ranat asintió con la cabeza. Se le formó un nudo en la garganta y su alegría huyó.

"Parece que conoces lo suficiente de la ley de la Iglesia para convertirte en un hombre noble por volver aquí con la verdad".

Se encogió de hombros y juntó sus manos repentinamente temblorosas frente a él.

"Está más allá incluso del poder de la Gracia revocar una sentencia. Debes entender que la Iglesia es infalible. Siempre debe permanecer así.

Ranat solo confió en sí mismo para dar un pequeño asentimiento. Incluso sabiendo lo que sucedería, era difícil ver a todas las pequeñas estrellas de esperanza desaparecer, una por una, en su mente.

"Usted, por supuesto, se librará de la fosa".

Ranat parpadeó las lágrimas de sus ojos y asintió, enfocado en la mesa frente a él.

La magistrada Vaylis se mordió el labio un momento antes de continuar. Ranat levantó la vista y pensó que también vio una lágrima en los ojos de ella, pero tal vez fue solo un reflejo porque cuando volvió a mirar, había desaparecido.

"Te retendrán en El Salón de los Sabios hasta el final del juicio de

N'tasal, en el que será declarado culpable si las cosas que me has dicho son ciertas. En ese momento, te colgarán. En privado. Ninguna convicción se leerá en voz alta. Solo tu nombre, que luego será escrito en el Cielo de la Luz como un mártir".

Ranat asintió nuevamente. Se limpió la cara y forzó una sonrisa.

"Lamento no poder hacer más por ti, Ranat Totz".

Apartó los ojos del cristal de la mesa y miró a la magistrada. "Hiciste más de lo que esperaba, supongo".

La sonrisa que ella le dio fue amable. "El Cielo de la Luz te espera, Ranat Totz. Ni siquiera yo puedo aspirar a tanto.

Él sonrió. Una risa sincera que no esperaba. Estalló en él y pareció levantar el pesado peso de su vida. "Si. Tal vez. Sin embargo, eso no era de lo que estaba hablando. Me devolviste mi nombre, le adjuntaste algo que hace que valga la pena dejarlo atrás. Es curioso, nunca pensé cuanto valía hasta que me lo quitaron".

La magistrada Vaylis sonrió de nuevo. "El mundo estará perdido sin ti, Ranat Totz. Eres un hombre sabio.

Ranat sonrió, mostrando la brecha de sus dientes perdidos, y se sonrojó ante el cumplido, pero todo lo que dijo fue: "No. No no soy. Pero gracias."

Querido lector,

Esperamos que hayas disfrutado leyendo Dentro de un nombre. Tómese un momento para dejar una reseña, incluso si es breve. Tu opinión es importante para nosotros.

Descubre más libros de R.A. Fisher en https://www.nextchapter.pub/authors/ra-fisher.

¿Quiere saber cuándo uno de nuestros libros está disponible gratis o con descuento? Únase al boletín en.

Atentamente,
    R.A. Fisher y el Equipo Next Chapter

9 781715 813796